D+

dear+ novel

koi ni ochita tailleur・・・・・・・・・・・・・・

恋におちた仕立屋《タイユール》

川琴ゆい華

新書館ディアプラス文庫

恋におちた仕立屋《タイユール》

contents

illustration：見多ほむろ

恋におちた仕立屋《タイユール》

1

東京都港区南青山五丁目の骨董《こっとう》通りに、グランドオープン間近のフルオーダースーツ専門店『Tailleur vert marin《タイユール・ヴェール・マラン》』。タイユールというのは、フランス語で『テーラー』や『仕立屋』を意味する。

深みのあるブルーの壁とガラス張りの外観、白いアイアン製の看板、そしてアンティークの赤いポストが目を惹《ひ》き、まるでパリのサンジェルマンからそのまま移築したかのような雰囲気《ふんいき》だ。

クリスマスまであとひと月あまり。骨董通り入口付近のビル前に大きなもみの木が設置され、週末にはイルミネーションが点灯する。『タイユール・ヴェール・マラン』はその頃にグランドオープンの予定だ。

五日間のプレオープンは今日が最終日。このメゾンに集結したスタッフのチームワークも上々……と言いたいところだが、人見知りな性格のタイユール・綿辺蒼央《わたべあお》だけ、ちょっぴり出遅れている感がある。

十一時のオープンまであと十五分というとき、小さな波紋《はもん》を呼ぶ問いが投下された。

『——道行く男性を見て、思わず目が行くのはどの部分？』

「僕はまず、胸ですね」

作業台の椅子に座る蒼央はスーツのオーダーシートから目線を上げて、さっぱりとそう述べた。

チーフアシスタント・片山《かたやま》は少し驚いた顔で「胸？」と蒼央の答えをなぞり、プレス担当の女性・安藤《あんどう》も目を瞬《しばたた》かせながら「胸」と繰り返す。

蒼央のコメントに対し、作業台の向こうに立つふたりが「これは笑っていいのだろうか？」と探るような空気を醸《かも》し出《だ》す意味が分からない。だって、まじめに答えたのだ。

そもそもは安藤が雑誌の見出しを読み上げ、「わたしはやっぱり顔ですかね」と自ら答えたのが発端で、それには片山も「まぁ、顔ですよね」と同意していた。そんな彼らの会話を傍《そば》で聞いていた蒼央が、「胸」と口を挟《はさ》んだかたちだ。

一瞬しんとなったあと、片山がにこやかに再び口を開いた。

「綿辺さん、『道行く女性を見て』って訊《き》かれたときの、若い男性がしそうな答えですね」

「えっ？　あ、そ、そうですよね……言われてみればたしかに」

蒼央がうなずくと、いっそう「笑ったほうがいいの？」という空気に満ちていく。

――これは「綿辺さんがゲイだったら失礼だ」と気を遣《つか》われているかんじ……かなっ？

しかし、蒼央はゲイではない。そこは気を遣わないでいただきたい……が、訊かれたわけじゃないのにわざわざ自ら「ゲイじゃないよ」と申告するのも変だ……などとごちゃごちゃ考え始めると、不自然なまでに無言になってしまう。そしていっそう広がる沈黙に、さらに焦《あせ》る。

「ええっと……胸というか、バスト……あ、それじゃおんなじですよねっ」

――日常会話スキルないし、人の会話に入るタイミングも昔からヘタすぎるから……！

蒼央がひとりであわあわしていると、その静まった状況を変えてくれたのは安藤だった。安藤は「あぁ」と目を大きくして、「分かりました」とぽんと手を叩いた。

「綿辺さんのは『胸』っていうか、採寸やフィッティングで言うところの『バスト』ってことですよね。『ヴェール・マラン』のタイユールとして正しい答えだと思います」

蒼央はこのメゾンで唯一のタイユールだ。安藤が言うとおり仕事柄《がら》、スーツを仕立てることを基準に、普段から人の身体を観察してしまう。

「うん、そう。男性用スーツで、より魅力的かつ頼れる男らしく見せるために重要なのが、バストの仕立て方だと思うから」

朗らかな安藤の助け船のおかげで、自分が言いたいことをちゃんと伝えることができてほっとする。

「でもこれが『道行く』じゃなくて『目の前にいる』だったら、わたしは男性の手を見ちゃうかな。節張った指とか、手の甲に浮く骨とか、萌えです」

安藤が続けたそれに対し片山が「で、それを意識した男性がハンドケアしすぎると、それはそれでダメって言うんでしょ？」と返して、ふたりで話し込み出した。

蒼央はすうっと消える煙みたいに、会話の外にフェードアウトする。

タイユールであり、スタッフを統括する店長《マネージャー》の立場でもあるので、この新しいチームに早くなじもうとがんばって会話に参加したのだが。

――む、難しい。タイユールとしてお客様の前に立つときはだいじょうぶだけど、仕事以外でコミュニケーションに苦慮《くりょ》するの、ほんとにどうにかしたい……。

蒼央は二十七歳。チーフの片山は蒼央の三つ年上、安藤は二つ年下。ほぼ初対面という状況はみな同じなのに、ふたりはすでに以前からの仕事仲間といわれれば納得できる雰囲気だ。

――いつも二階のアトリエにいる縫製《ほうせい》担当の男性スタッフはマイペースなだけで、僕と違ってコミュ障じゃないしな……。

引っ込み思案だとか、マイペースすぎて協調性がないというのは、小学生の頃から大人たちにさんざん言われてきたことで、そういう性格はもう簡単に直せない。加えて会話下手《べた》な蒼央が話し出すとなぜだか微妙な空気になったり、変に気を遣われたりして、さらに、そういう機微を敏感に察知し萎縮《いしゅく》するパターンに陥《おちい》るから厄介《やっかい》だ。

――『ヴェール・マラン』が始まってまだ五日目なんだし。ゆっくり、焦らず行こう。

普通程度にみんなと会話ができるようになるまでに、少なくとも三年くらいはかかりそうな気がしながら、蒼央は壁掛けの時計に目をやった。

「オープン十分前です。みなさん、身嗜《みだしな》みチェックをしましょう」

蒼央の掛け声で、片山、安藤が「はい」と心地よい返事をくれる。

朝礼には、二階のアトリエで作業中の者や、臨時で応援に入ってくれているフロアスタッフ二名も加わった。

蒼央が着用しているのはチャコールグレーのスリーピース。イタリアンでもブリティッシュでもなく、フレンチスタイルと呼ばれる系統のものだ。ウールにカシミアを織り込んだメランジで仕立てたスーツを、今日の勝負服に選んだ。

鏡の前で姿勢を正し、うしろ姿やネクタイの位置を確認する。フレンチスタイルに合わせて前髪をオールアップにし、高雅な男らしさを出したいところだが、実年齢より若く見られがちな顔にはおそろしく似合わない。だから軽く流す程度にしてエレガントさ重視で整えている。

縫製などを手伝うアトリエが裏方なら、タイユールがお客様と打ち合わせをしたり、フィッティングを行うここ、ショールームはメゾンの表舞台だ。裏方を経《へ》て、ほんの一握りの職人がタイユールになれるという厳しい世界で、メゾンのトップとしてショールームにいる——その誇りを胸にそっと灯《とも》して、蒼央はスタッフの前に立った。


五日間のプレオープン期間には、雑誌やマスコミなどの取材が入り、事前に招待されたファッション業界の人や事業主の関係者など、かわるがわるやってくる。

プレオープン最終日に開店して間もなく、ひとりの男性が『タイユール・ヴェール・マラン』へやってきた。スタッフに案内されて、カフェジャズが薄く流れるショールームの中央を抜け、蒼央がいる奥のほうへ進んでくる。蒼央も出迎えのためにそちらへ向かった。

正面に立った彼をひと目見て、蒼央は思わず「あっ」と声を出しそうになった。そのほんの一瞬の驚きが伝わってしまったのか、彼の眸《ひとみ》に力がこもり、ぐっと大きくなっている。

——たぶん……あの人だ。

蒼央が二ヵ月ほど前から通うようになった会員制のスポーツクラブで見かける『あの人』。

「いらっしゃいませ」

感嘆《かんたん》を寸前で吞《の》み込《こ》んで、蒼央が接客の定型どおりに対応すると、彼は笑みを浮かべて軽く会釈《えしゃく》を返してくれた。すらりとした長身に、さっぱりとしたナチュラルショート、明るい表情の爽《さわ》やかな男だ。

「プレオープンおめでとうございます」

「おそれ入ります」

あいさつを交わしたあと、蒼央の傍にいた安藤が芳名帳《ほうめいちょう》代わりとなる招待状を彼から受け取り、「スタイリストの吉成真嗣《よしなりまつぐ》様ですね」と確認する。そういえば朝のミーティングで「最近SNSでよく見かけるスタイリストさん。インフルエンサーですよ」と安藤が話していた。

スポーツクラブではいつも遠目に見るだけ。そのときはトレーニングウエア姿だから印象が違うが、たぶん間違いない。名前すら知らなかった彼が、仕事でつながるスタイリストだったとは驚きだ。

「今日お召《め》しになられているジャケット、『ユニバースバンドル』のものですよね」

蒼央が問うと、彼は「はい。基本ビジネスカジュアルなので、欲しいものが揃《そろ》ってる『ユニバースバンドル』さんにはいつもお世話になってます」と答えた。

『タイユール・ヴェール・マラン』は、主にセレクトショップを運営する企業『ユニバースバンドル』が新しく展開した事業だ。彼はスタイリストの仕事でこの店を訪れるマナーとして、それを着用してくれている。

「とてもお似合いです」

彼はセットアップではなく、ばらばらのアイテムをコーディネートしている。シャドウストライプの織り柄が特徴的なジャケットの下はグレーのジレ、マフラーや靴など小物使いも含めて、お世辞《ほ》ではなく本心からそう思った。

蒼央が褒めると、彼は「ありがとうございます」と人懐こい笑みを浮かべる。

――今までトレーニングウエア姿しか見たことなかったけど……私服もトータルですごくかっこいい。ジャケットの下にジレを着るタイプならベストに抵抗なさそうだし、僕が仕立てたスリーピーススーツを着てくれないかなぁ。見たいなぁ。

スポーツクラブでも蒼央はいつものように、まずは胸、そして肩、背中、ウエストからヒップにかけてと、とりあえず身体ばかり観察してしまう。あんまり凝視《ぎょうし》すると失礼なので、あからさまにならないようにチラ見して。蒼央にとっては、むきむきに鍛《きた》えていればいいわけじゃなく、あくまでもスーツが似合いそうかどうか、が基準だ。

そこで見た吉成真嗣は、上背《うわぜい》のある痩《や》せ型《がた》だけど貧弱ではなく、主張しすぎない程度にきれいな筋肉がついていた。手足が長くて、男らしさの中に色気も感じさせるところが魅力で、蒼央はその日本人離れした体型にまず目を奪われ、そして顔に注目した。身体を気に入ると、やっと顔に興味が湧くのだ。

蒼央はあらためて、仕事中の、よそ行きに整えられた彼を見つめた。

彼の顔の造形は、誰もが認めるような正統派イケメンや絶世の美形とは少し違う。垢抜《あかぬ》けたおしゃれな顔、といえばいいだろうか。形容が難しいが、クール、モード、大人カジュアル、どんなファッションでも着こなしそうな、すっきりとした顔立ちだ。

それがまさに蒼央の好みど真ん中で、これほど身体も顔も揃って好み、という素材に出会ったのははじめてだった。

――身体がかっこよくて、顔も服のセンスもおしゃれって、こんな完璧《かんぺき》な人いるんだ？

蒼央の主観とはいえ、上から下まで好みが服を着て歩いている、とはまさにこのことだ。しかしそれはあくまでもタイユールという職業病的フェティシズムであり、男性を『スーツを着用する素材』として見たときの話で、恋愛感情とは関係ない。

「……綿辺さん」

横から安藤に声をかけられ、これまでになく間近にいる真嗣を思う存分観察していた蒼央は、はっとして慌てた。蒼央に熱視線を送られていた真嗣のほうも少し戸惑っていることに気付くと、ますます、やってしまった、という気持ちが強くなる。

「あ、え……申し遅れました、『ヴェール・マラン』のタイユール、綿辺です。メンズファッション誌の企画で私どもを取り上げていただけるとお伺《うかが》いしております」

あぁ早口になってしまう！　と内心で焦りながら、それを顔に出さないようにして、落ち着け～落ち着け～、と念じる。

スーツの下で冷や汗をかいている蒼央に、真嗣のほうは爽やかな笑みを浮かべてうなずいた。

「メールでも概要《がいよう》はお送りしましたが、毎月テーマを変えてわたしがスタイリングをしている企画ページです。『ツウ好みのスーツをセレクト』の企画内容に、フレンチスタイルのスーツを仕立てる『ヴェール・マラン』さんがぴったりなんじゃないかと。今日はごあいさつをさせていただこうと思ってお伺いしました」

対外的なメールはプレスの安藤が直接やり取りしている。だから安藤が「企画の内容など、綿辺も承知しております」と応《こた》え、蒼央はそれにうなずいて「今後ともよろしくお願いします」と会釈した。

ありがたいことに、メーカー側がファッション誌に多額の広告費を払う純広告でも雑誌社とのタイアップ広告でもなく、スタイリストに取り上げてもらうことで宣伝してもらえる。しかも名の知れたスタイリストの目にとまり、掲載されたとなれば箔《はく》がつく。

「SNS用に、写真を撮《と》らせていただいてもいいですか？　濃紺の壁に、飴色《あめいろ》の生地棚《きじだな》と、あれは……カッティングなどの作業で使うテーブルですよね？　どちらもちょっと見ないサイズで、すごいな。なんだか画廊《がろう》みたいな雰囲気もあって……素敵ですね」

「吉成さんのアカウントでご紹介していただけるとうれしいです」

プレスの安藤に対応を任せている間、蒼央は飽《あ》きもせず彼のうしろ姿を眺めた。

——とりあえず僕が同じスポクラにいることに、彼は気付いてない……かな。汗止めのターバンみたいなヘアバンドをがっつりつけて別人みたいになってるから。

ここまでの反応を見ての印象で、確証はないけれど。

安藤が真嗣のチェスターコートとマフラーを預かってクロークのほうへ行ってしまうと、彼はにこにことしながら蒼央の傍に寄ってきた。

「フランス帰りのタイユール、綿辺蒼央さん。どんな方だろうって、今日お会いするのをとても楽しみにしてました」

「え、あ、はい、おそれ入ります……」

急激に距離を詰められて、身構えていなかった蒼央は怯《ひる》み、わずかに身体をこわばらせてしまった。真嗣はそれに気付いたようで、「勢いついちゃいました」と少し離れてくれたものの、うまくごまかせなかった蒼央はちょっと気まずい。対して真嗣のほうは、とくに気にしていないようだ。

「ユニバースの岡広《おかひろ》さんから、綿辺さんの噂《うわさ》話ばかり聞かされてたんですよ。『仕事が早くて腕のいいタイユールを口説《くど》いて、俺が日本に連れ戻したんだ』って。フランスのメゾンでカッターをされてて、岡広さんに直でスカウトされたんですよね？」

岡広は『ユニバースバンドル』のエグゼクティブディレクターだ。

カッターは型紙を起こし、生地のカッティングを任される立場にある職人をさす。スーツの出来の九割はカッティングで決まると言われるほど重要なポジションだ。さらに、採寸からカッティング、縫製のすべてにおいて最高位の技術を持つ職人が、タイユールになれる。

「パリでヘッドカッターになれずに燻《くすぶ》っていたところを、運良く声をかけてもらいました」

「二十歳で渡仏されたんですよね？　二十七歳で一城を任されたタイユールなんですから、やっぱりすごいです」

岡広が蒼央のことをよほど持ち上げて話したのだろう。真嗣はまるでミューズかアイドルでも見るかのように眸をきらきらさせているし、少々恐縮してしまう。

「華《はな》やかな経歴などもとくにないですし、お恥ずかしいです……」

フレンチスタイルの本場で最高の技術を習得し腕を磨《みが》きたかっただけで、賞が欲しかったわけじゃないので、と言うと負け惜しみみたいだから口には出さないが。

蒼央がてれ笑いを浮かべると、真嗣は「ふわ……」と熱っぽいため息を漏らした。しかしそれがどういう反応なのかよく分からなくて、目を泳がせてしまう。いくらタイユール目線で彼の外見が好みでも、世間話が得意じゃない蒼央としては、「もうこれ以上は間が持たないよ。安藤さん早く戻ってきて！」という気持ちだ。

「よろしければ、ルックブックなどご覧になりますか？」

どう対応したらいいのか困って、蒼央はオープンにあわせて作った冊子を手に取った。

ルックブックはブランドイメージを伝えたり、そのシーズンのテーマに沿った商品を紹介するためのカタログのようなものだ。

「こちらへ伺う前に拝見しました。あ、そうそう……」

ですよね〜と一瞬焦ったが、真嗣はその内容について語りたいらしくページを捲《めく》っている。

「これ！　ラペルからのVゾーンのコーデを何パターンも見せるページ、声出ちゃうくらい沸《わ》きました。同じスタイリストとして『やられた、悔《くや》しい』って気持ちになったし、ほんとかっこよくて。スタイリングはもしかして堀口《ほりぐち》さんですか？」

「そうですね。岡広さんの紹介で」

すると真嗣は「もーっ！」小さく悶《もだ》えて、再びすすすと蒼央の傍に寄ってきた。とにかくパーソナルスペースが違いすぎて、そうされるたびに蒼央は身体に力が入る。

「ルックブックのスタイリスト、俺もやりたかったなぁ……。ネイビーのピンストライプ、グレーのカシミア混も、優しい風合いのツイードも、正統派なのに色気があるかんじって、やっぱりフレンチスタイルだからかな」

「そうですね。イギリスとイタリアのいいとこ取りとか、固くかっちりしたイメージと柔らかで華やかなイメージの中間、と言われています」

「じつは俺、フレンチスタイルを意識して見たのは『ヴェール・マラン』さんのスーツがはじめてなんです。お伺いする前に自分でもちょっと勉強してきましたけど、細かいディテールの違いとか、まだ理解できてないんですよね」

真嗣に少し申し訳なさそうに告げられたが、それはごく普通の反応だ。イギリス、イタリアがスーツの二大スタイルで、次いでメジャーなのはアメリカンスタイルとされている。

「日頃なじみのない皆様にも、もっと知っていただけたらうれしいですね。フレンチスタイルの象徴的《しょうちょうてき》なディテールは、まず、このゴージを魚の口のように控《ひか》えめにカットした『フィッシュマウス』です」

上襟《うわえり》の『カラー』と、下襟の『ラペル』をつなぐ部分が『ゴージ』だ。

真嗣の視線は、ルックブックからすぐ傍に立っているトルソーのジャケットに移っている。

彼がとても興味深げに眺めているので、蒼央はそのジャケットを取り、「よろしければ生地感など」と真嗣に差しだした。

――これ、じつをいうと、あなたをイメージして仕立てました……とは死んでも言えない。

サイズを予想してつくったものを、まさかそのモデル本人に見せることになるなんて。だって彼があまりにも好みの素材だったので、彼に似合いそうな一着を仕立てたい衝動に駆られ、どうしても自分をとめられなかったのだ。スーツに関する執着心《しゅうちゃくしん》は、「我ながらちょっと気持ち悪い……」と自覚があり、このことは誰にも秘密にしている。

「上品な光沢《こうたく》となめらかな肌触りが特徴のタスマニアウールで仕立てたものです」

彼の腕にかけると「わ……柔らかい」と目を大きくしている。

「この、ラペルのボタンホール。綿辺さんも芯糸《しんいと》を使って手縫《てぬ》いされるんですか?」

「はい。ボタンホールつまりブートニエールを、通常のものより二倍の時間をかけて、ミラネーゼという技法で縫いつけます。他にも独特のテーラリング哲学があって、できないとタイユールにはなれません。わたしも、指がもげそうなくらいの鍛錬《たんれん》を重ねてようやく……」

すると真嗣は、「手、見せていただいてもいいですか?」とあいかわらず眸を煌《きら》めかせて訊いてくる。職人の手を見たいということだろうと思ったので、いやな気持ちにはならなかった。

でも、イギリスの紳士が淑女にするみたいに手をそっと持ち上げられたので、蒼央ははっと息を吞んだ。真嗣のほうは、蒼央の手しか見ていない。

「わ……もっとこう、指そのものが『指ぬき』になったみたいに、硬かったり、ごついかんじかなって想像してた」

人にこんなふうに熱心にさわられたことなんてない、と意識すると、頭がかっと熱くなった。

しかもそうしているのは、何もかもが好みすぎる男だ。

「……は、恥ずかしくなってきました」

なんでこんなことになってるんだろっ？　と心臓がばくばくする。

「すうっと細くて、長くて、繊細《せんさい》で、綺麗な指だなぁ……なんかエ……」

「……『え』？」

聞き返すと、ようやく手を放され、真嗣に「いえ、なんでもありません」とにっこり笑顔で別の質問をされた。

「スーツのウエストのシェイプ位置とか、ポケット位置も、かなり高めですよね」

「はい。着る人をエレガントに、スタイルをよく見せる効果があります。フレンチスタイルはパリのレディースファッションの流れを汲《く》んでいるので、その影響を強く受けています」

「ぱっと見て、男らしさと同時に、優雅で中性的な印象を受けるのはそのためかな」

蒼央はにこやかにうなずいた。みなまで説明しなくても、彼に伝わるかんじがうれしい。

「こちらのスーツのサイズ……既製品でいうとY7なんですが、よろしければご試着を」

「えっ、ジャストサイズです。着てみてもいいんですか？」

予想どおりY7だった――などと蒼央が内心でうれしがっていることを彼は知らず「ラッキーだな」と喜んでいる。

「サンプルですので。お召しになられたときの生地感も、ぜひ」

額縁型《がくぶちがた》のウォールミラーの前へ案内する。真嗣はそのミラーまでも「うわぁ……これもかっこいい」と賛美するので、蒼央は思わず頬をゆるめた。

背後に回り、サンプルのジャケットを彼に着せる。試着した真嗣は軽く身体を捻《ひね》ってみたり、腕を上げてみたりして、最後にほっとしたような表情でまっすぐ鏡のほうを向いた。

「ストレスなく動けるかんじ……あぁ……着ていてすごく気持ちがいいです。人の動きに合わせて生地がついてくるみたいで」

「ありがとうございます。腕を組んだときや前屈《まえかが》みになったときに、突っ張るような窮屈《きゅうくつ》さを感じさせてはいけないんです。フルオーダーでしたら、より吉成さんのお身体に合うかたちにお仕立てします」

真嗣と鏡越しに目が合って、彼が「いいですね」とうれしそうにするので、蒼央も自然と笑みがこぼれた。ブルーグレーのピンストライプのジャケットをまとった真嗣は、もともと着ていたジャケットよりいくらか華やかに映《うつ》る。

——ふううっ……想像以上にいい。妄想よりやっぱり実物かっこよすぎる……！

蒼央はひとりこっそりと沸きながらも、全力でスマートな接客に努めた。

「お似合いです。ジャケットはブルーが強めのチャコールですので、淡いラベンダーカラーのロイヤルオックスフォードシャツ、それにドット柄が入ったジャカード織りのタイを合わせて、同系色コーディネートはいかがでしょうか」

「モテる？」

率直な問いだ。それがおかしくて、蒼央はくしゃりと笑い「すごくモテると思います」と返した。実際、普通にしていてもモテそうだが、自分が仕立てたものなら、ファッショニスタが集まるパーティーだろうとフランスの社交界だろうと、どこへ行っても恥ずかしくないくらいのいい男にしてやれる、と思う。今以上に、誰も彼もが彼に恋をしてしまうくらいに。そんな想いと情熱で自分が仕立てたスーツを、彼に着てほしい。

「うしろ姿で吉成さんの腰のラインが優美に感じられるよう、背中からなだらかに、これよりもう少し絞《しぼ》りたいですね。ショルダーはそうと分からない程度に跳ね上げます。もともとあるセクシーさと、包み込むような男らしさを、あからさまにではなく、そっと引き立てるスーツです」

彼ならこういう生地も似合いそう、裏地はああいうのがいいかな、などと次々にイメージが湧いてくる。

本音を言えば、今すぐ細かく採寸したい。彼のサイズを綿密に数値化して、生地のどこにどれくらいのゆとりを持たせればより心地よく着用してもらえるか考え、型紙に起こしたい。

――スポクラで遠くからただ眺めるだけだったアイドルが目の前にいる、みたいな状況だよ。いっそ採寸だけでもさせてもらえたらなぁ……。

採寸して型紙をつくれば、当然それを仕立てたくなるのだが。

フランスでの修業時代には、知人の身体を採寸させてもらって仕立てる、ということを普通にしていたが、そういう練習でも仕事でもなく、ただのコレクターのような気持ちになるのははじめてだ。

ついつい妄想に夢中になっていた蒼央は、真嗣の包み込むような視線にようやく気付いた。

「あ……すみません。吉成さんはスタイリストなんですから、ご自身にどういったものがお似合いか、ご存じですよね」

ごまかして俯《うつむ》き、ちらりと目線を上げると、鏡越しに真嗣はなぜだかにまにましている。

「俺も自分のスーツを初オーダーしちゃおうかなぁ……」

「えっ？」

思わず食いつく勢いで反応してしまった。

「俺はスタイリストですけど、スーツの専門家ではありません。その道のプロのお話をお伺いするのは勉強になって、見聞《けんぶん》も広がる。自分の中からは生まれない新しい提案をいただくのも好きです。それに綿辺さんと話してると、具体的に想像できて楽しい。自分だけのために綿辺さんに仕立ててもらったスーツを、実際に着てみたくなりました」

——それは願ったり叶《かな》ったりです！

そうなれば、採寸できるかも、型紙を起こせるかも、と気持ちが逸《はや》る。

鏡を向いていた真嗣が、蒼央が立つほうに振り向いた。

「綿辺さんに、最高にモテそうなスーツを仕立ててもらって、それを着て、綿辺さんとデートしたいな」

音符マークやハートマークが飛んでいそうな調子よさげな声だ。「綿辺さんとデート」はどういう冗談か分からないけれど、ここぞという場面に自分が仕立てたスーツを選んでくれるならタイユール冥利《みょうり》に尽きる。

「それは光栄です」

蒼央が明るく返すと、真嗣は目を大きくして瞬き、「じゃあ、決めちゃお」とにんまりとほほえんだ。

ところどころで慌てさせられるが、終始スーツに関した話題だし、彼のノリと話のペースに乗せられるのか、思いのほか自然に話せている気がする。

調子よく会話が続いていたところに、やっと安藤が戻ってきた。

「おふたりで盛りあがってるようでしたので、割り込むのを控えてました」

安藤からそんなふうに言われ、傍目《はため》に見てもそうなんだ、と分かってほっとする。

自己紹介だのスピーチだのと言われたら一分も保たないほど話し下手の蒼央だが、スーツのことだけは話題に事欠かないのだ。

すると真嗣が安藤へ「ちょうどよかった」と話を振った。

「もし可能であれば、俺のスーツをオーダーする様子を取材させていただけたらなって……あ、もちろん今すぐにお返事を、ということではありませんので」

「オーダーの様子だけ、ですか？」

安藤が問うと「よければ途中のフィッティングも……」と真嗣が控えめにお願いしてくる。

「別件で『はじめてのオーダースーツ』っていう企画におすすめのテーラーさんがいたら、って打診されてるんです。このショールームで綿辺さんと打ち合わせしているシーンの撮影《さつえい》も、二枚程度お願いするかもしれません」

「写真……」

蒼央の小さなつぶやきに、真嗣がすかさず「苦手ですか？　だったらあまりはっきりお顔を写さないようにもできると思います」と窺《うかが》ってきた。安藤にも「店のために、もっと露出《ろしゅつ》を」と勧められるが、引っ込み思案の蒼央にとって雑誌掲載の写真撮影なんて拷問《ごうもん》としか思えない。

——でも安藤さんが言うとおり、店のために今こそがんばるべき？　いやいや、でも僕が出たところでメリットなんて何もない……あ、こういう否定から入る考え方がだめだよな。

ひとりでもやもやと悩んでいると、真嗣のほうから当該《とうがい》の雑誌名とおおよその納期を提示され、安藤が「いいお話ですね」と蒼央に振ってきた。

『タイユール・ヴェール・マラン』は取り扱《あつか》いアイテムやテイスト、ターゲットとする客層を絞った小型事業だ。とはいえ生まれたばかりの店だから、可能な限り人目につくところで宣伝し、存在を周知しなければならない。

オーダースーツと聞いただけで尻込みしそうな人や、いろいろと指定するのが面倒に感じる人、そもそもフレンチスタイルなんてどんなものか分からないという人に、蒼央はもっと広く知ってもらいたいという気持ちがある。

「ご検討いただけるようでしたら、編集の方に連絡して企画の詳細《しょうさい》を送ってもらいます」

蒼央は安藤とアイコンタクトののち、「では、そのようにお願いします」と真嗣に返した。すぐに引っ込み思案が顔を出しそうになるけど、タイユールとして店を任されているのだし、写真をたった数枚撮られるくらいの些細《ささい》なことに躊躇《ちゅうちょ》している場合じゃない。

「話してみてよかった。急な申し出をご検討くださり、ありがとうございます。ではそちらの企画のほうも、正式に決まりましたらよろしくお願いします」

真嗣から丁寧にあいさつされて、蒼央は「ありがたいのはこちらのほうです」と恐縮する。

「タイユールになったばかりの僕が言うのはおこがましいですが、フレンチスタイルの良さをひとりでも多くの方に知っていただきたいなと思ってます」

蒼央がてれたように笑うと、真嗣はにこりとほほえんでうなずいた。

「綿辺さん。握手、していただいてもいいですか？」

「あ、はい。もちろんです」

人懐こい笑みを浮かべた真嗣に、両手でぎゅっと右手を握りしめられたことに一瞬気を取られたものの、蒼央もそれに応えようと、もう片方の手を彼に重ねた。

2

大人になり歳を取るにつれて生きやすくなった、と吉成真嗣《よしなりまつぐ》は思う。学びたいもの、時間をさきたいところ、お金をかけたい部分を、自分の責任において取捨選択できる。またそれについて、周りの人間にとやかく言われない。

ファッションに興味を持ち始めたのは、十二、三歳の頃。父が古着好きで、一緒によく古着屋に行っていたため、ヴィンテージ風のものはその当時からずっと好きだ。

高校生の頃に古着屋でバイトを始め、そこの店主に海外への買いつけに同行させてもらったのが、『ファッションの仕事がしたい』と明確に夢を抱《いだ》く大きな転機となった。

アシスタントとしての下積み期間を経《へ》てスタイリストとなり、独立して二年、現在二十八歳。ようやく最近、自分の名前で雑誌の企画を持たせてもらえたり、アパレルブランドから様々なオファーを受けるようになった。とはいえ、スタイリストとしては順調すぎるくらいだ。

学生時代からマイノリティな性指向を隠していたが、アシスタントを始めた頃に「周りに気を遣う程度でいいや」と考えられるようになった。否定されることに対する怖さや羞恥心《しゅうちしん》に縛《しば》られるより、心を開放し自由でいるほうが楽しいと気付いたからだ。訊かれないのにわざわざ言う必要はないけれど、親しい友人数人にはすでにカミングアウトしている。

分別ある大人がほとんどで、今の時代は世間が性差別にとても敏感なのと、業界的にそういう人が多いといわれているだけあって、変に迫害されることも少ない。

「わりかしツイてる人生だと思うんだよね」

数日前の『タイユール・ヴェール・マラン』での綿辺蒼央《わたべあお》との出会いも、神様がくれたセレンディピティではないだろうか。

「なんかいいことあった？」

真嗣の隣に腰掛けた迫村《さこむら》はそう問いかけて、ペットボトルの経口補水液を飲んでいる。ふたりともスポーツクラブ『ＡＺ』のマスターコースにあるランニングマシンでひと汗掻《か》いたあとだ。彼はアシスタント時代に出会ったバイヤーで、ひとつ年上だが気の合う友人でもある。

怠《なま》けないようにできるかぎりふたり揃って、来るのは週に一、二回。本来はアパレル業界の裏方である真嗣も彼もショップの服を身にまとい、ＳＮＳやブログ等で広告塔の一端《いったん》を担《にな》っている。よって、標準サイズを着こなすスリムな体型を保たなければならない。

スポーツクラブに通うのはそういう事情で必要に迫《せま》られて、だが、楽しみもある。

「ここでときどき見かける雛鳥《ひなどり》さんと、今度一緒に仕事することになって」

ツイてる人生だという根拠《こんきょ》を真嗣がにんまりして告げると、迫村は目を大きくして「えっ、まじでっ？　彼、どこの誰だったわけ？」と身を乗り出してくる。

掻い摘《つ》まんで説明すると、迫村も『タイユール・ヴェール・マラン』について噂話程度には知っていた。

「そこのタイユール・綿辺蒼央さんが、あの雛鳥さん」

『雛鳥さん』というのは、ふたりの間で勝手につけてこっそり呼んでいたあだ名だ。

迫村は「うわぁ……」と感嘆《かんたん》の声を上げている。

「それでおまえ、『これは運命の出会いだ』とか思っちゃったんだろ」

「思うよ、そりゃ。だってあの雛鳥さんが目の前にいるんだよ。俺がスポクラでいつも雛鳥さんのことちらちら見てたの、もしかして気付かれてんじゃないかって、ちょっと焦りが顔に出ちゃうしさ……舞い上がる気分を抑えるのに苦労しましたよ」

雛鳥さんが『ＡＺ』に現れるようになったのは半年前。

どうやら彼は、スポーツクラブがはじめてのようだった。

きょろきょろと辺りを窺いつつ初心者コースのエアロバイクを四十分くらい漕《こ》いだあと、物珍しげに各マシンを試して、無茶な重さのベンチプレスに挑み、バーベルを上げきれず死にそうになる（近くにいた人に助けられて事なきを得た）、という苦いデビューを飾った。それがむさい男だらけのスポーツクラブで浮くほど綺麗な顔をした男だったので、いやでも注目するきっかけになったわけだ。

週一で来ているのかどうかも分からない、見かけたらラッキーなくらいの低頻度《ていひんど》の出現率。ベンチプレスにはさすがに二度と近付かないようだが、雛鳥さんはいつもひとりで、ただひたすら黙々とバイク→ラン→バイクをこなし、ときどきボルダリンググルームの初心者コースの下のほうで、ばたばたともがいていた。

ばかにしていたわけじゃない。むしろまったく笑えない。人を寄せつけないオーラを身体中にまとい、初心者なのにインストラクターをぜったいにつけないから心配なのだ。しかし本人は意外と果敢《かかん》で、最近はボルダリングも少しだけ上のほうまで登れるようになった。

カルガモの雛が様々な障害物を越えていく姿を離れたところからそっと見守るような心地だったので、ふたりの間で『雛鳥さん』と呼んでいたのだ。

――有《あ》り体《てい》に言うなら、めちゃめちゃタイプなんだよな……。スポクラでは頭にターバンつけて、顔を思いっきり出した状態であれだけ整ってるんだから、『髪形でごまかす雰囲気イケメン』じゃなくて本物の美人さんだ。

あまりに好みど真ん中だったから、『AZ』で最初に見かけたときから日で追っていたのだし、彼の存在が、趣味でもないスポーツクラブ通いの密《ひそ》かな楽しみになった。

「しかも企画二本分。それを口実に飲みに誘ったりしよっかな」

はじめて店を訪ねた日、真嗣が咄嗟《とっさ》に打診した別企画『はじめてのオーダースーツ』のほうの話もトントン拍子に進み、今日正式に決まったので誘う口実に事欠かない。

「で、雛鳥さんに『同じスポクラ通ってますよね』っつったの?」

迫村はゲイではないが、真嗣が雛鳥さんに惹《ひ》かれていることは理解しているので、まじめな顔でそう問いかけてきた。

「言えないよ。仕事の話でそれどころじゃなかったし。それにあっちは、同じところに通ってること気付いてなさそうだった」

「ここでちょっとよこしまな目で見てたから、なおさら言えないか」

「それもある」

真嗣の正直な答えに、迫村は「ははは」と楽しげに笑った。

「タイユールねぇ……スーツでキメてる雛鳥さんか……」

いつもここで見る姿からは想像できないようで、迫村は首をかしげた。

「タイユールのときの雛鳥……綿辺蒼央さん、ものすーごく素敵だった。スリーピースばっちり着こなして、それに合わせて斜《なな》め前髪で、おでこちょっと出してて、なんかやけに色っぽくてさぁ……スポクラで見るときの百倍いいんですよ、増し増しの増しなんですよ」

「ここではトレーニングウエアだし、そりゃあスーツマジックかかるわな」

「どうしよ。俺、このままじゃぜったいとんでもなく恋しちゃう」

ふざけた口調だが、充分あり得る。男だらけのスポクラで、いっときの清涼剤、目の保養、と遠目に観賞するだけでよかったのだが、恋をすればそれじゃあ満足できなくなる。

「あっちはノンケでしょうが」

「でも押せば行けそうなノンケな気がするんだよなぁ」

「どっから来るんだよその自信」

「『デートして』っつったら『光栄です』って答えてくれた」

「おまえのっけからどういう会話してんの。遠慮せず言わせていただくけど、そんなもん冗談に冗談で返されてるだけだろ」

「ですよね〜」

冗談というのは、たんにてれ隠しだったり、冗談を隠れ蓑《みの》にした推察ということもある。真嗣はただの冗談で「デートして」とは言わないので、てれ隠しと推察だった。だから蒼央から「光栄です」と返ってきた瞬間、真嗣の中に恋の火が点《つ》いたのだ。

『押せば行けそう』なのはたんなる感覚で、根拠なんかない。まだ小さな火種だけど、彼に会うたびにそれが燃え上がっていきそうな気がする。

「……真嗣。やっぱおまえツイてるかも」

迫村が顎《あご》をしゃくった先に真嗣が目を走らせると、スポクラの雛鳥さんこと、綿辺蒼央を見つけた。時刻は二十一時過ぎ。遠く初心者コースの、ずらりと並んだマシンや動き回っている人たちの隙間に、ターバン姿の彼がいる。

「今日も安定の雛鳥さんだ……」

端整な顔だが、雛鳥さんに色気は皆無だ。それがフレンチスーツをまとったタイユール・綿辺蒼央になると、いい男度が爆上げされ、色気も大幅《おおはば》割増になる。

「行ってくれれば？　俺はスーツ着た雛鳥さんに会ってみたいから、仕事以外で店に行く機会があれば誘ってよ」

もうこっちに戻って来なくていいとでも言うように、迫村が見送ってくれた。

さすがに今すぐどうこうしようとか、口説こうとは思っていない。できればこれをきっかけにして、仕事相手・知人レベルからせめて、友だちレベルくらいまで行きたい。

エアロバイクの設定をしている蒼央の背後から、真嗣はわくわくしつつ近付いた。

真嗣が肩をぽんぽんと叩くと、振り向いた彼が「ああっ」と驚いている。こちらの名前を彼が失念しているかもしれないので、「どうも。吉成です」と先に名乗った。

「綿辺さん、先日はありがとうございました。追加の企画も決まったみたいで」

真嗣のあいさつに、蒼央が慌ててエアロバイクから降りようとしたので、「いえ、いいですよ」とそれをとめる。

「すみません、綿辺さんのお店でお伺いすればよかったんですけど、ここでお見かけしたことあるかもなぁって思いながら訊けずじまいで。でもやっぱり綿辺さんでした」

「あ……あぁ、……はい…………」

しん、となってしまった。蒼央は目を逸《そ》らし、この状況になぜかひどく動揺しているようだ。

真嗣がそれを察して戸惑うと、ついに顔まで逸らされた。

「…………」

こちらが話しかけた言葉に、彼からはまともな返答がない。硬く緊張した肩の辺りに『拒絶』の二文字が浮かんで見えそうだ。

——これは雛鳥っていうより、警戒心もあらわに今すぐ飛んでいきそうな野生の鳥！　今声をかけるのはまずかったかな。もしかすると、仕事相手との仕事外での交流はぜったいしたくないタイプなのかも……。

「俺あっちなんで。よかったら、またあとで」

マスターコースのほうを指してそう締めくくり、真嗣はとっとと退散した。

これは大失敗したんじゃないだろうか。仕事のほうで関係を深めるのが先だったかな、ともとの場所へ戻りつつ考えたが、もうあいさつしてしまったのだから仕方ない。

とぼとぼと戻ったところで迫村が「あれれ。お早いお戻りで。玉砕《ぎょくさい》？」と訊いてくる。

「プライベートタイムに立ち入っちゃいけないタイプかもしれない」

「あー……それはご縁がなかったってことで。仕事がんばれば門戸《もんこ》が開くかもしれないだろ」

迫村にそう慰《なぐさ》められ、しょぼんとしつつも真嗣は「だね」と、最後ににっと笑ってみせた。

真嗣は人と交流するのが好きで、これまでも新しいつながりによって新しい仕事を開拓《かいたく》してきた。フリーランスだから、のろのろと遠慮していられないのもある。それに、こちらが積極的に好意を示すと、たいていは相手が受け入れてくれた。個性的だったり気難しかったりすることの多いデザイナーやクリエイター、職人と呼ばれる人たちと関わることもままあったが、コミュニケーションを取る場面で、これまであまり躓《つまず》いた経験がないのだ。

「真嗣、思いのほかダメージ食らってんじゃん」

考え事をしながら黙々とメニューをこなしていると迫村に笑われて、真嗣は「だってさぁ」と苦笑した。

——フラグ折られるのに慣れてないんだよな。

『雛鳥さん』のときの彼の『徹底的《てっていてき》なぼっち主義』からも察するに、プライベートの顔や人格と、仕事中のそれとは違う人なのかもしれない。

正面からブルドーザーみたいに挑むのだけは今後はやめておこう、と心に決め、真嗣はそこで気持ちを切り換えた。

一時間ばかり汗を流してこの日のメニューを終え、トレーニングスペースを出た辺りで、真嗣は背後から「あのー」と声をかけられた。そこにいたのは、見知らぬ若い男性二人組だ。

握手を求められ、「写真、一緒に撮ってインスタにアップしてもいいですか」と問われて、それにも応じる。顔を出して商品プロモーションをしているために、こんなふうに芸能人みたいな扱いを受けることはままある。だけどこれは泡沫《うたかた》の賑《にぎ》わい。指一本でさらさらとスクロールされ、日々大量に消耗《しょうもう》される情報のひとつだ。

陽気な雰囲気で二枚ばかり撮って、若者ふたりは礼儀正しくあいさつして去った。

「あんなかんじだと、うれしいよな。ありがたい」

迫村の呟きに、真嗣も同意する。

「たまーに、油断してる顔を勝手に撮られたりするもんな。それただのアラサーのおっさんの写真ですよ、って言いたくなる」

正当に抗議しても「芸能人きどりか」と逆ギレされたりするので、だいたいが泣き寝入りだ。

そのとき再び背後から「あの……！」と声をかけられ、汗だくだしさすがにもう帰りたいんですけども、という気分で振り向いたら、そこにいたのは雛鳥さんこと綿辺蒼央だった。

「ひ……わ、綿辺さん！」

雛鳥さん仕様の蒼央が立っていたので、動揺のあまり思わず「雛鳥さん」と言いそうになったが、真嗣はどうにか彼の本当の名前を呼んだ。

「あのっ、すみません、お疲れのところ……ちょっとだけお話ししたくて」

これは予想外の展開だ。蒼央が何を考えているのかまったく読めない。

「……お話？」

「さっき、あの……ちゃんと話せなかったので……」

蒼央はしどろもどろ。察した迫村が「じゃあ、俺はお先に」と気を利《き》かせてくれて、真嗣も右に左にとわたわたと対応した。迫村には顔で「ごめん」と謝って見送る。

「あのご一緒されてた方、いいんですか？」

ようやく蒼央と向き合い「だいじょうぶです」と返したところで、また変な間ができてしまった。会話が途切れ途切れになって、なかなかうまく続かない。

「あした、いよいよグランドオープンですね。一日早いですが、おめでとうございます」

「あ、ありがとうございます」

互いに会釈して、行き交う周囲の人の目がなんとなく気になった。

「えーっと……綿辺さんも終わりでしたら、シャワー後に下のカフェでなんか飲みませんか？」

ここはいくつかあるトレーニングスペースをつなぐコンコースみたいなところだ。落ち着いてゆっくり話せる場所を、との気遣いだった。

ところが真嗣の誘いに彼の表情がさっと曇《くも》り、「……十分くらいなら」と返される。

——勇気を出してこっちから行くと、ことごとくフラグ折られるー。

話したいのかあまり話したくないのか、本当にただ忙しいのか真意が読めずもどかしい。

「お忙しいようでしたら……そこ、座ります？」

真嗣が待合用のベンチをさすと、蒼央は今度こそ「はい」とうなずいてくれた。

——でも、追っかけて来てくれたんだよな。さっきも何か話したかったのを俺が待たずにぶった切ったみたいに感じさせちゃったなら、申し訳なかったな。

ふたりで並んで腰掛けてすぐ、途切れないように真嗣から話を振った。

「さっき話したかったことって？」

目が合うと、彼ははっと思い出したように頭のターバンを慌ててはずし、「つけっぱなしだった」とぼやく。

――……ちょっとおもしろいんだけど。かわいいんですけど。

理由はよく分からないが、異様に緊張されてしまっていることは伝わる。

しかし、思い当たることがない。だから「俺なんかしたっけ？　もしかして何かを察知して警戒されてる？」と頭の中が疑問でいっぱいになっていると、ようやく蒼央が口を開いた。

「うちの店でお会いしたとき……僕は、ここで見かける方だって本当は気付いてて」

「え……ええっ？」

店でポーカーフェイスだったのはお互い様だが。真嗣のほうは、雛鳥さんを見守ること以上によこしまな目でちらちら見ていたため、少々うしろめたい。それにその辺りをごまかす言い方をしたので、「ほんとは俺もはっきり気付いてました！」とは言えずに口を噤《つぐ》む。

蒼央は真嗣の内心の焦りには気付かない様子で、「すみません」とぺこりとした。

「あのときは接客中でしたし、プライベートの話題だったので……あ、そういえばさっきも本当にすみませんでした。これから一緒にお仕事するスタイリストさんなのに、僕はたいへん失礼な態度を……話しかけてくださってるのを無視したみたいで感じ悪かったですよね？」

急に早口になって、口を挟む隙もない。そこから彼の緊張が伝わる。

そんな蒼央には申し訳ないが、素《す》になると彼は自分のことを「僕」と呼ぶのが分かってうれしい、なんて思う。

「タイユールとして店に立つときは、そういうスイッチが入るというか、スーツの話だったらだいじょうぶなんですけど、人見知りで、普通の日常会話が昔から苦手で……お気を悪くさせてしまったんじゃないかと……」

「いえ、俺はお邪魔しちゃいけないなと思っただけなんで」

たしかに、『タイユール・ヴェール・マラン』で会ったときの綿辺蒼央は、もう少し堂々と、落ち着いた佇まいだった気がする。

つまり、今後もつきあいの続く仕事相手だし、このままじゃいけないと思い直して、真嗣のトレーニングメニューが終わるのを見計らって、声をかけてくれた……ということのようだ。

たしかに突き放されたと勘違いしてちょっと落ち込んだけれど、懸命《けんめい》な様子の蒼央を前にしたらそんな気持ちは完全に吹き飛んだ。

「……ここで見かける俺を、『スタイリストの吉成真嗣』だって知らなかったんですよね」

真嗣の問いに、蒼央は顔をわずかに強張《こわば》らせている。

「あぁ、すみません……服飾業界で仕事をしているのにはやりに疎《うと》いというか……スーツの流行とアパレルブランドの流行はまったく違ってるし、インスタとかSNS系のスピードについていけなくて、そういうのはプレスに任せっきりで」

「いや、いいんですよ。責めてるわけじゃぜんぜんなくて。何者か知った上で、ここで見られてたのかなって勘違いしました。すみません、俺のただの思い上がりです」

「え……あ、いいえ、そんな……僕の早とちりですね……」

今度はひとりよがりを自省しているようだ。

「やっぱり自分が疎いのを言い訳にしてる僕が失礼なんです。さっき若い男性に写真をお願いされてましたよね。今話題のインフルエンサーだと、うちのプレスの安藤も話してました」

「見られてましたか。ちょっと恥ずかしいな」

調子に乗ってる、タレント気取り、と映《うつ》ることもあるし、蒼央にとって悪い印象になってなければいいなと思いつつ愛想笑いしていたら、とんでもない飛び道具が飛んできた。

「若い人たちにも憧《あこが》れられる存在なんですね。吉成さん、すごくかっこいいですし、分かります。好みすぎて僕もついつい目が行ってたというか……」

「……え？」

『憧れられる存在』だとか『かっこいいですし』はお世辞だろうと聞き流したあとの言葉に、真嗣は思考能力をさくっと奪われてしまった。

——好みすぎて？　ついつい目が行ってた？

彼が少してれたような表情を浮かべているのは、気のせいだろうか。

真嗣の脳は思考停止に陥《おちい》り、まばたきも忘れて蒼央の顔をじっと見つめる。

まずい。このままだと自分に都合がいいように解釈《かいしゃく》してしまいそうだ。誤解なら誤解だと、今すぐ否定してほしい。

「……好みすぎ、る……？」

「吉成さん、とてもスーツがお似合いになる体型なんですよね。くわえておしゃれな顔で……完璧《かんぺき》だなって思います」

驚きすぎて相づちのひとつも打てずにいる真嗣のことなどお構いなし。蒼央はうれしそうな笑みを浮かべて、なおも続ける。

「それに、さすがインフルエンサーと称されるスタイリストさんだなぁと。フランスでもセンスのいい方やファッショニスタはたくさん見ましたが、顔も身体もセンスも最高なんて、こんな人がほんとにいるんだって……」

——何これ……何これ！　全俺が沸くって！

浮かれるな、と咎《とが》められてもこれは無理だ。

恋愛経験は人並みだと思うが、夜中にどうしても会いたくなるほどの大恋愛には遠く至らなかった。学生の頃は勉強を兼ねて古着屋でバイト三昧《ざんまい》、アシスタントの頃はスタイリストの付き人同然で恋愛に溺《おぼ》れる余裕なんてなく、空《あ》いた時間は睡眠《すいみん》に充《あ》てないとやっていられなかった。仕事を覚え、必要とされることのほうがうれしかったのだ。

——こっちこそ好みど真ん中の人から「好みすぎる」なんて言われてどうしたら……！

「……ちょっと俺、褒められすぎ、なんじゃないですかね？」

どきどきしすぎて声が上擦《うわず》ってしまった。

こんな状況は生まれてはじめてで、どういう顔をしていたらいいのか分からない。

実際、だいぶ身に余るお言葉を頂戴《ちょうだい》している気がする。彼の人格もまだよく分からないし、もしかすると度のすぎたお世辞か、たちの悪い冗談ではないだろうかという気がしてきた。

「好みは人それぞれだと言われるかもしれませんが、僕は褒めすぎだとは思いません。もうずっと見てられる……」

完全に息の根をとめられた。

集中砲火みたいなラブコールを浴びまくった結果、真嗣は唖然としてしまった。

なんでこれを立ち話ですまそうとしていたのか、彼の感覚が理解できない。

動揺と困惑と歓喜がいっぺんに来て表情すらつくれずに沈黙していると、今度は蒼央がはっと目を見開き、急に立ち上がったので、真嗣は訳が分からず目をしばしばと瞬かせた。

「あ……すみません！　なんか、変なことをっ……僕、すごく気持ち悪いですね！」

「え？」

「失礼しました。今のは忘れてください。ごめんなさい！」

ちょっと待って、と引きとめる言葉を発する間もない。

真嗣が反射的に腰を上げかけたときには、蒼央は脱兎《だっと》の如《ごと》く走り去ってしまっていた。

「……え？　え？　ええっ？」

彼の心のシャッターの上げ下ろしのタイミングも速度も、まったく予測できない。

「な……、……え？　つまり今のってどういう……」

『好みだ』『最高だ』『ずっと見てられる』と次々に繰り出された口説き文句がまるっきり嘘ではなくても、大げさな表現をしただけなんじゃないかという気もする。

――『ずっと見てられる』ってことは、恋の対象としてじゃなくて偶像的な？　いやっ、でも、まったく好意を感じない相手に、あんなこと普通言わないよな。恋愛&セックス大国フランス仕込みだとああなるものなの？　上品な顔してじつは恋愛方面に奔放《ほんぽう》な人だったりして？

さらに、スーツと同様に根っからのフレンチスタイルで、口説くのもあいさつみたいなイタリア男っぽい気質を兼ね備えているのだろうか。

タイユールの彼と、プライベートのときの彼。スーツを脱いだら、ちょっと印象が変わる。

「……やばい……これから楽しくなりそうな気しかしない……」

真嗣は本来ぐいぐい一方的に来られたら当たらず障《さわ》らずで躱《かわ》すタイプだが、相手が好みど真ん中の蒼央だから話は別だ。

まずは、いきなりシャッターガラガラされて逃走されてもすぐに捕まえられるよう、綿辺蒼央の個人情報を正攻法で手に入れたい。

フランス時代のことだって、いろいろ知りたい。彼のプロフィールを人伝《ひとづて》に聞きかじっただけで、まだ何も知らないも同然なのだ。

3

よく『スーツは男の戦闘服』といわれるが、フレンチスタイルのスーツも、優雅なのに強堅《きょうけん》で、鮮麗《せんれい》なのにたくましい大人の男に変身させるように仕立てるものだ。

ジャケットに袖《そで》をとおし、背筋をまっすぐに伸ばして立つと、魔法にかけられた心地になる。

ひとつ深呼吸して、蒼央《あお》は瞑《つぶ》っていたまぶたを上げた。

ショールームに置かれたウォールミラーに、深みのある鉄紺色《てっこんいろ》のスリーピースをまとった自分がいる。遠目で見たときと近付いたときでは印象が変わる、鳥の目格子《ごうし》の織り柄が特徴的な生地で仕立てたものだ。

お客様の前に立つときはもちろんのこと、カッティングの際も、ひと針《はり》ひと針縫うときも、タイユールはスーツを着用している。

――いつもだったら遠慮してしまいそうなアピールも、スーツを着ているときは臆《おく》せずできるし、自分の意見をまっすぐ相手に伝えようって、前向きになれる。

仕事で自信を持てるようになるまでには、当然、長く厳しい修業の時代があったわけだが、スーツを身に着けることでさらに自信が高まり、蒼央をタイユールへとスイッチしてくれる。

――この手と身体に染み込んだフレンチテーラリングのすべてで闘《たたか》うんだ。

『タイユール・ヴェール・マラン』のオープンの時間が近づき、蒼央が最後にタイの位置を整えたところで、「綿辺《わたべ》さん、スケジュールを確認します」と安藤《あんどう》から声をかけられた。

お客様との打ち合わせにも使用するソファーセットで、今日の予定を確認する。

「本日は十一時と十三時にご新規のお客様、十六時にフィッティングのお客様、二十時の閉店後にスタイリストの吉成《よしなり》さんが取材のための採寸にいらっしゃいます。メンズ誌の編集さん、女性のライターさん、女性のメイクさん、カメラマンさんもご一緒に」

「……はい」

真嗣《まつぐ》の名前を耳にした途端、心臓が『どきぃっ！』と変な音を立てた。

グランドオープンして十日余り。真嗣とはその前日にあたる水曜日に、スポーツクラブ『AZ』で会ったきりだ。仕事に関する連絡は安藤と取りあっているようだが、蒼央は彼とあれから言葉のひとつも交わしていない。

あの日はスポーツクラブの中に人が多くて、トレーニングスペースを外側からガラス越しに覗《のぞ》いたが、そのときは真嗣の存在に気付かず、彼に声をかけられたときはびっくりした。

――なんか僕がひとりで舞い上がっちゃって、変なこと言ったせいですごい引いてた……。

『顔と身体が好み』だとか、いつも頭で考えていたことをそのまま延々語ってしまったのだ。

一度しか話したことのない男にあんなふうに過剰《かじょう》に褒められれば、誰だって驚くだろう。

「どうしました？」

安藤に顔色を窺われ、蒼央は「撮影、緊張します」と返した。

真嗣の件もあるが、今回の撮影では、安藤の勧めで蒼央も顔出しすることになっている。

「吉成さんが撮影に慣れていらっしゃいますので、リードしてくださいます。そのままで素敵なんですから、いつもどおり『ヴェール・マラン』のタイユール・綿辺蒼央でいてください」

なんだかもう「はい」と返事をするのもおこがましい気がして、蒼央は中途半端な愛想笑いを浮かべた。

安藤が立ち去ったあと、蒼央は気持ちを落ち着けるべく、そっと胸をなでた。いくら隙のないスーツを着ていても、ひどく心が乱れると、元来の引っ込み思案がつるっと顔を出す。

——気合い入れ直そう。

タイユールとして、この城を任されているのだ。スタッフが心地よくここで働けるように、全員でいい仕事ができるように、自分がすべきことがある。

蒼央はソファーに座ったまま背筋を伸ばし、ゆっくりとひとつ深呼吸した。

『タイユール・ヴェール・マラン』の通常の営業は滞《とどこお》りなく終わり、予定通り閉店後に編集者らとともに真嗣がやってきた。メンズファッション誌の企画『はじめてのオーダースーツ』の取材を兼ねた、自身のスーツのオーダーと採寸のためだ。

「綿辺さん、俺が最高にモテるスーツってことで、どうぞよろしくお願いします」

真嗣は屈託《くったく》ない笑顔でそんなふうにあいさつしてきて、蒼央は「お任せください」とうなずいた。会うまでは緊張してどきどきしていたけれど、お互い大人だ。真嗣もスポーツクラブでの一件には一切ふれることなく、終始仕事に徹《てっ》してくれた。

真嗣の希望や好みのラインなどを把握《はあく》したあと、仕立てるスーツ生地、ポケットのかたち、その位置、ボタン、裏地などを選んでもらう。迷っている部分はサンプルを見せたり、手に取ってもらったりしながら、タイユールとして提案もする。

さらに、スーツを着用するのはどういった場面を想定しているか——パーティーなのか、普段使いなのか、何かの勝負服なのか。仕事着なら座り仕事か、立ち仕事か。そういう着用スタイルを型紙に反映させるため、細かく訊《たず》ねるのがビスポーク・テーラリングだ。

雑誌のライターはムービーを撮影しながら「タイミングをみてまとめて質問します」と割り込みを遠慮してくれて、カメラマンからは表情やポーズを指定されることもなく、蒼央は途中何度か、新規オーダーのお客様でもある真嗣以外の存在を忘れていた。

オーダーに関する打ち合わせ、採寸もすべて終わったのは、二十二時を過ぎた頃だ。先に帰るメイク担当の女性を見送ったあと、編集とカメラマンに呼ばれた。

「写真はこんなかんじで撮らせていただきました」

撮り終えたばかりの写真をタブレットで見せてもらう。遠目とはいえ、顔がはっきり映っているものもあるし、手元だけのアップや、鏡越しのワンショットなど様々だ。いつ撮られたのかまったく気がつかなかったものもある。

「あ、この写真と、この写真なんかすごくいいですね」

横から安藤が指をさした。真嗣の背面を真剣なまなざしで採寸している場面と、跪《ひざまず》いた蒼央が真嗣を見上げて笑った場面だ。

「ですよね。綿辺さんの柔らかな笑顔が自然なかんじで、いいと思います」

プレスの安藤と編集でどんどん話が進められていく。

「綿辺さん、いかがですか?」

全員一致したところでようやく意見を求められて、まさか子どもみたいに「顔がそんなにはっきり出てるのはいやだ」とは言えない。

「お、お任せします……」

もういっそ知らないところで決めてもらって、気付かないうちに雑誌が売られてしまえば、恥ずかしさに悲鳴を上げなくてすむ、とすら蒼央は思う。

賑《にぎ》やかな一角を離れて、いちばん落ち着ける作業台の前に座った。

そこで蒼央が手にしたのは『吉成真嗣様　オーダーシート』だ。年齢は蒼央よりひとつ年上の二十八歳、身長は一八四センチ。さらには、採寸して手に入れた『彼の全身のサイズ』が細かく記されている。

──これで堂々と、『だいたいY7』とかじゃなくて、彼サイズのスーツがつくれる。

ある程度は目測できても、正確に細かく数値化したものにはぜんぜん及ばない。

「綿辺さん」

オーダーシートを見ながらにまにましていたら背後から軽く肩をたたかれ、蒼央は椅子から跳ねるほど大げさに反応してしまった。振り向いたら立っていたのは真嗣だ。

「え？　何そのエロ本にかじりついてたら見つかっちゃったみたいな反応」

真嗣に明るく「あはは」と笑われ、蒼央は内心で、僕にとってはそれに近いかもしれません……と思いながら愛想笑いする。

「オーダーシート、俺も見せてもらってもいいですか？」

蒼央は「どうぞ」と隣の椅子に腰掛けるように促《うなが》した。少し離して置いた椅子を真嗣がぐっとくっつけて座り、一瞬怯んだ蒼央と目が合うと、彼はにこりと屈託なくほほえむ。

──間近で笑顔……ううう、かっこいい。

瞬間的にめろっとなるが、こらえて目線を外し、顔には出さない。

「なんかめちゃめちゃ細かく採寸されてましたよね」

「上着は三十箇所、パンツは四箇所です。フルオーダーでも普通はパンツまで入れて十五、六箇所ですね」

「ほわぁ……なんか丸裸にされた気分」

真嗣は記入された数値を目で追いながら軽くおどけている。蒼央のほうは憧れの魅惑ボディを丸裸にしてしまった気分で、実際普通の採寸以上に興奮していたのだからうまく笑えない。

「スーツをフルオーダーするのはじめてなんです。俺も服飾の専学で勉強したんで、基本的にどこを採寸するかは知ってるんですけど、これだけ細かく採寸するのはどうしてですか？」

つまり、その必要性を知りたいということのようだ。好奇心いっぱいに、真嗣は眸をきらりとさせている。仕立て上がったスーツだけじゃなく、そこに至る裏側にまで興味を持ってもらえるのは、蒼央もうれしい。

「背中のカーブや、二の腕から肘《ひじ》にかけての筋肉量など、みな同じではありません。ストレスなく動かせるように、生地の下を身体が泳ぐようにお仕立てするためです。何度も微調整することなく、フィッティングは基本一回ですませ、二度目のご来店で完成品をお渡ししています」

「一回！『綿辺さんは仕事が早い』っていわれてる所以《ゆえん》はそこにもあるんだろうな。あれっ、『利き手は右、利き足は左』……こんな質問されましたっけ？」

真嗣が不思議そうな顔で、オーダーシートの項目のひとつをさして訊いてくる。

「それはのちほど確認しようと思ってました。当たってますか？」

「当たってます。えっ、なんで？　あ、ペンを握って顧客カードに連絡先を書いた、から？」

「物をお渡ししたときも出されるのは必ず右手でしたので、両利きではないだろうなと。利き足はパンツを穿《は》くとき、靴を履《は》くとき、身体の重心と傾き、脚の筋肉のつき方などを見ました」

ビスポークで情報を得るだけじゃなく、歩き方の癖《くせ》、座るときの脚の組み方に至るまで、タイユールは人の動きも目視でチェックしている。

すると離れていたほかのメンバーが「そっちで勝手に盛り上がってる～」と集まってきた。急に左右から囲まれるという慣れない状況に緊張し、蒼央はただただ動揺する。

「もう少しタイユールのお話が聞きたいな。これからみんなで飲みに行きませんか？」

真嗣の提案に、カメラマンだけが「このあと別件で仕事が」と指で『×』マークをつくって、残りのメンバーは「おなかすきましたし」「いいですね！」とのっている。

「綿辺さんは？」

「これだけ全員で城壁を作っておいて。綿辺さん、イエスって答えるしかないから」

ライターに突っ込まれて、真嗣は「みんなだってもっと話したいでしょ？」と明るく笑ったあと、「でも綿辺さん」とまじめな顔つきで蒼央を見た。

「強引に誘っておいてあれなんですが、お忙しいようでしたら無理しないでくださいね。三週間後に一回目のフィッティングの撮影もありますし。チャンスがあればまた誘います」

もっと話したい、という真嗣の気持ちもきっと本物だし、気遣いもしてくれているのが蒼央には伝わった。次の機会もある、と言ってくれているので、いくらか断りやすくもある。

――でも……僕も、もう少し話したい……気がする。店のためにも、いい関係でいたいし。合コンみたいな席なら逃げ帰るが、仕事の話、スーツに関連する話題だったら、それほど気後れしない。それに、誘ってくれているのがわりと話しやすい真嗣だというのも大きい。

みんなのほうへ身体ごと振り向き、蒼央は「……じゃあ、ぜひ」と小さな声で答えた。


『タイユール・ヴェール・マラン』から移動した先は、賑やかなイタリアンレストランだ。撮影していたメンバーに、チーフアシスタントの片山《かたやま》も加わって六人。横長のテーブルに着席する。真嗣に「俺は綿辺さんの隣ー」と主張されて、ライターと編集は蒼央の前に座った。ボトルワインと、適当に選んだアンティパストやパスタ、サラダもテーブルに並ぶ。

撮影中に、フレンチスタイルの特徴やその歴史について話したので、ここで話題の中心となったのは、蒼央自身のことだ。

蒼央は高校の普通科を卒業後、服飾専門学校で二年間テーラリングについて学び、渡仏した。

そもそもタイユールになりたいと決意する前は、普通にテーラーになりたいと思っていた。

きっかけは十三歳のときに見た洋画。スーツで激しいアクションをする俳優があまりにもかっこよかったのと、「スーツなのに、なんであんなに動けるんだろう？」と疑問を抱いたことからだ。中学の制服は着心地がいまいちなブレザーで、何がどう違うのか知りたくなった。

「毎日着る高校の制服がダサいし窮屈《きゅうくつ》だと思って、少しラインを変えたことがあります」

真嗣は「意外とエキセントリックなことするんだ」と目を大きくしている。

「目立たないタイプだったので、誰も気付かなかったんですけど」

スーツ好きらしく「いつかサヴィル・ロウへ行ってみたい！」と漠然と夢見たが、それまであまり情報にすらふれることがなかった『フレンチスタイル』との運命的な出会いがあった。

「高校二年のときに『フランスの老舗《しにせ》メゾンからタイユールが来日して受注会を開催』っていう、銀座《ぎんざ》のデパートの催事《さいじ》情報を見つけて、買えないけど見たいから行ってみようって」

「高校生が銀座のデパートでの受注会に！」

「そこでタイユールが実際に採寸したり、型紙を引くのや、フィッティングの様子も……一日中見てたから、だいぶ変な子でしたけど。そのとき生で見たタイユールがとにかくかっこよくて、惚《ほ》れてしまって」

するとー日中ストーカーのように居座っていた蒼央に、タイユールが「そんなに好きなら、パリにおいで」と声をかけてくれたのだ。

もちろん弟子《でし》にするとか面倒をみてあげるなんて意味ではないことは分かっていたけれど、なんだかそれが神様からのお告げのように感じてしまった。その日を境に、目指す先はサヴィル・ロウからパリに変わったのだ。

「あー、分かるわぁ。そりゃあ惚れるよなぁ。行っちゃうよね」

真嗣が大きくうなずいている。人生のターニングポイントとなるエピソードが、彼にもきっとあるのだろう。それがなんだったのか知りたいな、と蒼央は思った。

それからフランスでの修業時代、メゾンでカッターを任されていた頃について質問されて答えるうちに、一時間ほど経過した。

ひととおり話がすんだところでひとりが「あした早朝ロケ入ってるんで」と言い、「わたしもそろそろ」「俺も」と解散の空気になる。蒼央もその流れに混ざって一緒に帰る気で立ちかけたら、隣の真嗣から引きとめられた。

「俺もうちょっと綿辺さんと話したいなぁ」

ワインにカクテルにとアルコールをいちばん飲んでいたのが真嗣だ。上機嫌な様子でにこにこと誘われ、蒼央が「うっ」と怯んだ瞬間に着席させられてしまった。すかさず横から安藤が蒼央の腕を摑んできて「綿辺さん、明日は休店日ですよ」と念を押される。その目の奥が『ここへ来る前にお話ししましたよね？』とでも言うようにぴかんと光った。

安藤と片山から前もって「スタイリストでインフルエンサーの彼とはいい関係でいてください」とお願いされている。ＳＮＳの影響力について、蒼央だって語られなくとも分かっているし、自分のポジションも理解しているつもりだ。

――で、でも、みんな帰る雰囲気だし、吉成さんとふたりきりでっ？

とたんに『タイユール』から『ただの一般人』に魔法がとけかける。

「吉成さん、『ヴェール・マラン』のタイユールは、フランスで六年も生活していたわりに少々お酒に弱いので、ほどほどによろしくお願いします」

安藤は真嗣に託《たく》すという手段に打って出た。蒼央がはわはわとしているうちに、ふたりを残して全員が「お疲れさまでした〜」と引き波のように去って行く。

蒼央が全身で「えええっ、うちのどっちかひとりくらい残ってよー！」と言葉にならない悲鳴を上げる傍で、真嗣が「やっとふたりになれた」とつぶやいた。

ふたりきりになって彼が何を話したいのか分からず、蒼央は困惑で無言になる。

「綿辺さんの行動、まじで読めない。今も本気で帰る気だったでしょ？」

「え……だって、みなさんお帰りになるので……」

「もう……俺、先々週のスポクラからずっとじりじりしてたのに」

スポクラ、と言われて、ようやく蒼央も思い出した。そうだ。仕事で一度しか話したことがないのに好みだなんだとさんざん語り、彼をドン引きさせてしまったのだ。忘れてください、と言ったはずだが、やはりそういうわけにはいかなかったらしい。

蒼央がまごついているうちに真嗣は店員を捕まえ「八人掛けをふたりで占領するのは申し訳ないので」と申し出て、奥まった四人掛けテーブルに横移動した。ついでに追加のアルコールとおつまみを注文し、蒼央も「じゃあ、もう一杯だけ」と彼に倣《なら》う。薄めのカクテルだが、さっきの席でも蒼央にしてはずいぶん喋って飲んだので、もう許容量を超えそうだ。

ふたりきりになって座った途端、劇的に尻の据《す》わりが悪くなる。四人掛けなのに、真嗣は向かいの椅子に荷物を置いて、身体はそちらへ移動する気がなさそうだ。沈黙すればするほど窒息死しそうになるので、蒼央は思いきって自分から、さっき途切れた話に戻した。

「スポクラでは突然……失礼しました」

「いや、謝らなくても。俺はうれしかったですよ。ただちょっとびっくりはしたかな。俺が抱いてたイメージを、ずっぽり突き抜けてきたんで」

「タイユールの僕、のイメージですか？」

「あぁ、まぁ……そっちもですけど」

真嗣が言葉を濁《にご》したので、蒼央はいやな予感がして声色を落とした。

「……頭にターバン姿で……スポクラでもたついている僕を、見てたってことですか？」

直球で投げた質問に、真嗣は「んんっ」となって、てれ笑いのようなものを浮かべる。

「あー……はい、べつに変な意味はなくて、見守っている心地だったというか」

これはなんだかちょっとばかにされたような。

「……あそこで無様な格好を晒《さら》しているのは自覚してます」

「えっ、あ、からかうつもりもないですよ」

真嗣は、誤解しないで、というような懸命な顔つきだ。

――その顔もかっこいいから、頭の中で話の焦点《しょうてん》がブレそうになります。

あまり人に見られたい姿じゃないが、それは真嗣に限った話じゃないし、人目を気にしていたらスポーツクラブなんて行けない。かといって、自宅で自主性にお任せとなると、サボりたくなるから続かない。

「恥ずかしいですけど……ろくに運動しないでいるのは身体によくないな、って思って続けてます。日本に帰ってきてから、いろいろと考え方が変わったというか……」

「考え方って？」

「それまでは自分の好きなことだけしていればよかったんですけど、日本でタイユールとして店を任されたら、仕事だけじゃなくて、自分自身の健康のことも考えなきゃ、と。他にも、苦手だからって逃げてばかりじゃだめだって、あらためなきゃいけないことが本当に多いです」

「食生活とか？」

「フランスでも自炊《じすい》してたので、食事面はなんとか……。その……こういうふうに、自分のことをお話しするのとか」

蒼央が言葉に詰まっても、真嗣はいったん待って、「うん？」「それで？」と促してくれる。

「さっきまで、みんなとめちゃめちゃ喋ってたよ？」

「あれは、スーツの魔法にかけられてるときだから……。仕事について話すのや、お客様とのビスポークだと『タイユールの自分』になれるんですけど、その魔法がとけると、なんというか、冴《さ》えないただのスーツバカっていうか……自分がからっぽになるような感覚です」

「えっ、そうかな。今も俺は、綿辺さん素敵だなぁと思いながら喋ってますけど。素敵っていうか……あの、怒らないでくださいね。まだ数回しか話したことない俺が受けた印象で、俺のフィルター越しに見た感覚なんで」

なんだかいっぱい前置きされている。

「言葉を借りると『タイユールの魔法がかかってないときの綿辺さん』は、物慣れないことに懸命なかんじで、なんかかわいいです」

「……かっ……？」

「でもタイユールの綿辺さんは、しゅっとした男の色気のある紳士ってかんじ。『ヴェール・マラン』で会ったときと、スポクラで見る綿辺さんの、印象が少し違う意味も分かりました」

二十七歳にもなって同性の、しかもいい男に「かわいい」と言われてもうれしいとは思えない。タイユールの自分に色気を感じているなら、それはスーツのおかげではないだろうか。

「スイッチのオンオフくらい、誰にだってあります。綿辺さん、今は豪快にオフってますよね」

「スーツ着てても、今はお仕事の時間じゃないし、お酒のせいでネジがゆるんでるし……タイユールの僕はもうどっか行っちゃいました」

ふいっと顔を背《そむ》け、小皿のミルクチョコレートを取ってがりがりとかじると、真嗣が「ほら、そういうかんじもかわいい」とからかってくる。

「吉成さんのそれは、『変な人』を『かわいい』という言葉で片付けてるだけです」

「えー、俺、今の綿辺さんも好きだなぁ。あ、つまり総じて好きってことになるんですけど」

「い、いいです、そんな気を遣ってくれなくても。ところで、この時間はいったい……」

なんのためにふたりで残ったのか。すっかり話の焦点を見失っていることに気付いて、蒼央は顔を顰《しか》めた。真嗣のほうは「気を遣ってなんかないけど」と、少し困った顔で笑っている。

「綿辺さんの過去の話をもう少し知りたいです。綿辺さんの長いフランス時代を支えてくれた人、いたのかな、とか」

「僕がフランス生活を続けられたのも、こうしてタイユールになれたのも修業時代にお世話になった師匠《ししょう》のおかげです。……恋人はいたのか、という問いなら、いなかったです」

「まさかそういうの飛び越えて伴侶《はんりょ》がいたとか、いるとか?」

「盛り上がりそうな話題がなくてすみません」

フランス時代よりもっと前にさかのぼっても、恋愛話はひとつも出てこない。

今だって恋愛する気はない。誰かと共に歩むというのは、自分の時間を誰かに合わせて犠牲《ぎせい》にする行為だとしか思えないからだ。

「でも、ひとりだとさみしいなーって思うことありませんか?」

「子どもの頃から、人に合わせるのが苦手なんです。自分がしたいことをしてすごすのが好きで、それをやめてまで誰かに会いに行きたいとは思ったことがなくて。生活のすべて、今だって、テーラリングを軸《じく》に回ってます。こんな僕が恋愛なんてできるはずがない」

真嗣とは知り合ってまだそんなに経たないのに、店のスタッフにも話したことがない本音を不思議なほどするすると引き出される。優しい声色で問われて、胸に詰まっていたものを吐露《とろ》したくなる。心の底で、彼に理解してほしいと思っているのだろうか。

「そんな綿辺さんが好き、っていう人が現れたら？」

「いるわけないです」

「なんで断言」

「僕だったら、僕みたいな人を恋人にしたくない」

蒼央の言い方に、真嗣が噴き出す。

「そこまで言われると余計に興味が湧いてしょうがないなぁ。でもそれってさ、裏を返せば、『誰かに愛されたい』ってことじゃない？　『恋愛はいらない』じゃなくて、ほんとはめろめろに愛されたいのに『僕みたいな人だったら、愛してくれないからいや』ってことでしょ？」

指摘されて、蒼央は驚いた。

でも納得できるような、できないような。裏を返せば、なんてぐるぐる廻《まわ》るパラドックスだ。

――ん……なんでこんな話になったんだっけ……？

アルコールも相まってほわんとした気分のところに、いきなり踏み込まれたかんじがして身体が緊張する。

「……そうでしょうか。一般論のつもりで言ったんですけど……。あの……もう、僕の話はこのくらいにして……次は吉成さんが話してください。スタイリストという仕事を選んだ理由なんかも知りたいです」

右にも左にも転ばない恋愛話などして、真嗣を退屈させたくない。それに、聞き役に回れば、自分が話さなくてもいい、というずるい作戦だ。

しかしその作戦は別の結果をもたらした。不安と緊張のせいで、蒼央は真嗣の『スタイリスト物語』を熱心に聞きながらカクテルをぐいぐい飲んでしまったのだ。

「じゃあー、吉成さんは今、スタイリストしながら、バイヤーもやって、ディレクションもしてるんですねぇ……でもそれだと、あんまりお休みできないですよね……」

「日本中、世界中を飛び回って見つけたものをスタイリングして、たくさんの人が『いいね！』と欲しがってくれるのがうれしい、と彼は話した。きらきら煌めくインフルエンサーは、ひとりでも多くの人を喜ばせることに自身のしあわせを見出《みいだ》しているらしい。

「やりたいことはぜんぶ逃《のが》したくないし、自分がやりたいことを人に取られたくないんです」

そう言ってほほえむ真嗣の目の奥が力強くて、蒼央は心をぐっと掴まれた気がした。

彼の行動の根幹《こんかん》にあるのは情熱。そして仕事を心から楽しむ気持ちだ。そういう本気がぜんぶ伝わってくるから、いろんな人たちが「彼と一緒に仕事がしたい」と思うのだろう。『はじめてのオーダースーツ』の企画が実現したのだって、真嗣の判断力と行動力があったからだ。

「もはや『なんでも屋』みたいな。『やれますよ』って言っちゃうから。吉成真嗣は使いやすい、って思ってもらえたらいいんです」

「有言実行でやれるんだから、すごいなぁ……僕はスーツのこと以外ぜーんぶだめで……あ、こういうマイナス思考なのもだめ……あ、また『だめ』って言っちゃってる……だめだめだ」

真嗣と話していると、自分は所詮、井の中の蛙《かわず》なんだろうな、とあらためて思う。

「そうかなぁ。だめって言ってもいいんじゃないですか？　自分で『だめ』を認めなきゃ、それを『いいもの』には変えられないんだから」

真嗣に優しくほほえまれて、蒼央の中のどこかが小さくきゅうんと絞られる心地がした。

そんなふうに人に許されたことはない。『だめって言うからだめなんだ』『すぐ否定から入る』と咎められることばかりで。

もしかすると自分も少しは変われるんだろうか、と蒼央の中に小さな希望の光が灯る。

かけてもらった言葉がうれしくて、蒼央は真嗣をうっとり見つめた。途中から、なんていい男なんだ、顔もおしゃれでかっこいいし、などと思考がズレてくる。

「……綿辺さん、かなり酔ってるよね。安藤さんに『あした休店日だけどほどほどのところで』ってお願いされたのにな」

フランスでもテーブルワイン一杯で気分よく酔えていた。ワインよりアルコール度数が低いカクテルを選んで飲んだが、何杯目なのかすでに分からない状態だ。

そういえばこんなに酔ったのはとても久しぶりで、帰国してからははじめてだ。お酒が出るような席も機会もたくさんあったが、緊張するだけで酔うどころじゃなかった。

真嗣には蒼央の言葉や考えを否定せず、熱心に聞いてぜんぶ受けとめてくれる安心感がある。

いつもなら会話の相手の顔色を窺いがちになるが、彼のおかげで話すことそのものが怖くない。蒼央は、冷たいテーブルに頬をつけて、はぁ、と息をはいた。優しい言葉であたためられたからか、アルコールのせいなのか、胸の奥がとても熱い。

「綿辺さん、休店日にも仕事してるんですか？」

「明日中に……仮縫《かり》いを終わらせたいものがあります……」

「んじゃあ、今飲んでるのが最後かな」

終わりを予告されて、蒼央はしゅんとした心地になった。自分が話したいことはとくにないけれど、真嗣の話をもっといろいろ聞きたいなと思ったのだ。それが顔に出てしまったらしく、

「俺はまだいいんですよ？」と真嗣がにっこり顔で覗き込んでくる。

――最初は、帰りたいって思ってたのに……吉成さんが優しいし、居心地よくて……。

おまけに大好きな顔。それが蒼央の目の前にある。

「吉成さん……かっこいいなぁ……」

心に満ちてしまったものが溢れて、ついにこぼれるようにぽつりと褒めると、真嗣が「出た」と笑った。

「綿辺さんのそれ、スポクラでも言われたけどさ。好みだとかなんとか……」

「……このまま、ずうっと眺めてられる……」

真嗣は目をぱちりとさせたかと思うと、薄くほほえんで、いっそう近付けてくる。

そんなに近付くとくっつきます、と咎めるつもりでくちびるを動かそうとしたら――。

「………？」

そっとふれて。口と口が本当にくっついている。

蒼央が「え？」と言うのと同時に離れた。

今度は蒼央が目をぱちりとさせる番だ。

「……今……キス、しました？」

蒼央が茫然とした心地で問うと、真嗣は笑みを浮かべて「しました」と軽く答えた。

テーブルにのせていた頭を起こす。途端に、酔いで視界がぐらんっとした。目を瞑《つぶ》ればまぶたの裏で星が瞬《また》いている。蒼央は重く濁《にご》っている頭を押さえるようにして抱《かか》えた。

「あの……え……なんで？」

「綿辺さん、俺のこと好きだよね？」

とろけるようなほほえみと、鼓膜《こまく》をくすぐる甘い声。真嗣は肘をついてテーブルに寄りかかったまま、おだやかに問いかけてくる。その真嗣のぜんぶが脳に強く焼きつけられた瞬間、蒼央は呼吸を忘れ、世界がすべてとまった気がした。

ひゅっと息を吸うと、途端に周りの景色が動きだし、音が耳に入ってくる。

蒼央はぐぐぐぐっと眉《まゆ》を寄せた。

「……好きって……」

いくら恋愛経験皆無とはいえ、今のがあいさつのキスじゃないことくらいは分かる。好きじゃない、と言えば語弊《ごへい》があるが、恋愛感情が伴《ともな》う意味で言ったわけじゃない。あくまでも彼の顔が好みで、身体がスーツを着用する素材として素敵だから『好み』なのだ。平たく言えば、褒めただけだ。

——それ僕、言ったよね？　言った……え？　ぜんぶ言ったっけ？

ちゃんと話しているつもりでいた。だから伝わっているつもりでいた。

最近知り合ったばかりの間柄の男が男に恋愛感情でもって『好み』だなんて言うわけないでしょ、というのは、もしかして自分勝手な思い込みだっただろうか。

「ええっ？　あのっ、いや、そういうことじゃなくてっ……！」

蒼央が急にうろたえた声で慌てるから、真嗣が驚いた表情でこちらを見ている。

——も、もしかして、吉成さんって……ゲイ？

焦る気持ちが、爆発寸前の風船みたいに膨《ふく》れあがる。身体中の血が、骨が、肉が、かあっと沸騰《ふっとう》したように熱くなって、蒼央はいきなり立ち上がった。

しかし、そのあとの記憶がそこでぷつりと途絶えてしまったのだった。

蒼央はベッドの中で異様な喉の渇《かわ》きを覚え、げほっと噎《む》せた。その直後に胃の奥から熱くせり上がるような吐《は》き気《け》で、呻《うめ》きながら身体を横向きに小さく丸める。

――気持ち悪い……きのう飲みすぎた。

閉じたままのまぶたに光を感じるから、朝なのだろう。でもまだ目を開けたくない。

「おはよう。綿辺さん、起きた？」

ベッドの中で他人の声が聞こえるというあり得ないシチュエーションに、蒼央はいきなり覚《かく》醒《せい》した。はっと目を開ければ、そこには見たことのない部屋の景色が広がっている。

昨晩、撮影上がりに飲みにいったことを思い出し、おそるおそる声がしたほうへ振り返ると、蒼央の背後に真嗣がいた。いくら予想できても、それが現実になったらぎょっとする。

「……おはよう……ございます。……あの……僕、ご迷惑を……？」

腕に力を込めて身体を起こすと、真嗣も起き上がった。

「だいじょうぶですよ。吐いたりしてないし、タクシー降りてからもよろよろだったけど腕を捕まえてれば歩いてくれたし。自分で上着とズボンを脱いで、タイも外して、俺に『ハンガーにかけてください』って」

「す、すみません……僕はなんて失礼なことを」

上掛けをそっと捲って覗くと、真嗣の言うとおり、知らないズボンを穿いている。これについてはまったく記憶になく、蒼央はうなだれて頭を抱えた。

「俺も飲ませすぎちゃったし。ぜんぜん気にしないで」

「お世話おかけしました……ありがとうございます……」

真嗣がベッドを下りて、「なんか食べれそうですか？」と訊いてくる。

「それより、とりあえず水を飲みますか？　あ、いいですよ、そこにいて」

「……助かります……」

上下スウェット姿の彼はエアコンのスイッチを入れて、そのままキッチンのほうへ向かった。

頭は霞がかかったみたいにぼーっとしている。肝心なことを思い出していない気がする……という漠然とした疑問だけがあり、心許《こころもと》ない気分だ。

なんとはなしに、ベッドに座ったまま部屋を見渡す。ベッドからキッチンも、覗けばリビングも見えるので、広いワンルームかと思ったが、奥に扉が見えた。リビングを簡単に仕切ってベッドルームにしているようなので、あの部屋は別の用途で潰《つぶ》しているのかもしれない。

――スタイリストだし、クローゼットにしてるとか。仕事部屋とかかな。

打ちっ放しコンクリートの壁と天井《てんじょう》の一部に白いペンキの塗装、天井には等間隔《とうかんかく》にペンダントライトが取りつけられている。飾りけはないものの、ライトグレーの壁に観葉植物のグリーンが映《は》えて目に気持ちいい。インテリアはナチュラルウッドとそれになじむファブリックで統一されていて、そのぼんやりしそうな景色が黒のアイアン製ラックで引き締まって見える。

――部屋もすごくおしゃれだ……。

ネイビーのリネンのカーテンを捲って外の見慣れない景色を見ていたら、真嗣にペットボトルを渡された。

ごくごく飲むと、冷たい水が乾いた身体の隅々まで染みていく心地がする。

気付けば、ベッドに腰掛けた真嗣にじっと見つめられていて、蒼央は落ち着かなくなりもぞもぞとした。

「昨晩は居心地よくてちょっと気がゆるんでたみたいで……ご迷惑おかけしてすみません。こんなになるまで酔ったのははじめてかもしれないです……」

沈黙に負けて間が持たないのと申し訳ないのとで、何度も謝ってしまう。そんな蒼央を、真嗣はじっと見つめて、最後に少し笑った。

「俺、きのう綿辺さんにキスしたけど」

「……！」

ごまかすことなく真嗣にそう告げられて、そのあとのことも走馬灯のように思い出した蒼央は、わっと上掛けに顔を埋めて「そうでした……」と声を萎《しぼ》ませた。

「で、『綿辺さん、俺のこと好きだよね？』って訊いたら、『そういうことじゃない』ってそりゃあもう全力で否定されて」

彼に『俺のこと好きだよね？』と断定で問われ、全身がいきなり沸騰したみたいになって、そこで記憶がぷつりと切れている。

昨晩のことが明確になり、蒼央はのろのろと顔を上げた。

「……す、すみません……僕が言葉足らずで……。スポクラで話しかけたとき、僕、すごく緊張してて……好みだと言ったのは、恋愛対象としてではなくて……」

誤解を招くような言い方をしたのは自分だ、と思うので素直に詫《わ》びる。だからあのキスのことを根に持つつもりはない。

――はじめてのキスでしたけど。軽くちゅってされただけだし。そんなのこの人に言わなきゃいいし。

ふれるだけのキス。思い出したら恥ずかしくなる。どきどきばくばくしてくる。

もじもじとペットボトルを弄《いじ》っていたら、真嗣がぐっと近付いてきた。昨晩みたいに、近い。

蒼央は身体を緊張でこわばらせ、目を瞬かせた。

「でもさ、綿辺さん。俺のこと好きだよね？」

その問いかけに、蒼央は心臓をぐっと摑まれたような苦しさを覚える。昨晩もそうだった。

しかしそれはすでに否定したし、真嗣もそう理解していたのではなかったのか。

「だって顔も身体も好みで、居心地よくて気がゆるむ、ってさぁ……それもう好きってことじゃん」

「え、ま、待って、見た目が好みなだけで……って、あ、あの、相当失礼ですよね！　すみません……。きのうはなんか、いつもと違ってたくさんお話ししましたし、なんでか……」

真嗣の傍は居心地がよくて、気がゆるんでいたせいで、はじめてこんなになるまで酔ってし

まったから――……あれっ？

「ほら。それやっぱ好きってことでしょう」

「違いますっ！」

だいぶ強めに否定してしまい、気まずい空気に囲まれる。

沈黙に耐えられないのと真嗣に失礼すぎて、蒼央は上掛けにぐいぐいと顔を埋めた。

「吉成さんの、フレンチスタイルがはまりそうなおしゃれな顔も、スーツ映えするかっこいい体型も好みです。吉成さんは話し上手《じょうず》で、僕のつまらない話だって楽しそうに聞いてくださって、きのうは僕も楽しくてうっかり飲みすぎて……」

語れば語るほど「あなたが好き」と熱烈に訴《うった》えているような気がしてくる。

「めちゃめちゃ好きって言われてるようにしか聞こえないのは、俺がうぬぼれてるからなの？」

恋だ、恋じゃない――の堂々巡《めぐ》りだ。

もぞっと顔を上げて、どうしよう、と蒼央が惑《まど》っていると、真嗣がしょうがないというように笑い、「とりあえず分かりました」と明るくうなずいた。

「ようするに、画面越しの芸能人なんかを見て『好み』って言うレベルってことですよね」

とりあえず、との前置きがどういう意味なのか不明だが。

「……そうです。思わせぶりなことをして……すみません」

蒼央のまったく的を射ない説明でもひとまず収めてくれたようなのでほっとしていたら、真嗣が「ところで」と次の話題を振ってきた。

「俺はまだ自分の気持ちについて、話してないんで」

逃れられないほどまっすぐな笑顔で真嗣が追い詰めてくる。

蒼央は上掛けのリネンをぐっと摑んだまま、彼の視線に捕まった。

「まず、俺は画面越しの芸能人じゃなくて、ただのスタイリストです。俺にとって綿辺さんは、この先、どんな距離になっても尊敬するタイユールです。でも、俺はきのう一日で、タイユールじゃないときの綿辺さんのことも、すごく好きになってしまいました」

「……きのう一日、で……?」

「『タイユール』のあなたも、『スイッチオフ』のあなたも、どっちの綿辺さんも好きです」

タイユールの自分を認めてくれる人はいても、二十七年の人生で一度だって、どっちも好き、なんて言われたことがなかった。

しかし、ずいぶんインスタントに恋しすぎじゃないだろうか。

つまり、たった一日できらいにもなりそう――と考えてしまう。あんな酔っ払いの醜態《しゅうたい》を晒してしまったのに、真嗣はそこら辺を都合良くお忘れなのではないだろうか。

「前から綿辺さんのこと、いいなぁって思ってたんですけど。いろいろ話してると、すごく魅力的な人だなって。もっと一緒にいたい、この人のこと知りたい、って思いました」

それは僕も思いました――と言うと話がややこしくなりそうだから、無言を貫く。

蒼央が沈黙していても、真嗣は気にしてなさそうだ。彼は楽しそうに話を続ける。

「スーツのことしか考えてない『スーツバカ』って綿辺さんが自分で言ってたけど、俺、オタク気質の人ってもともとすっごい好きなんですよ。好きなことに夢中になって周りが見えなくなるタイプ。自分もそうだから共感する。俺も趣味が自分の仕事なんで、デートはあしたでもいいじゃん、って考えるから恋愛関係が長続きしない。『デートも仕事もどっちも大事！』って必死になるような人に出会ってないだけかもだけど……っていうと、相手のせいにしてるみたいでやなかんじですね」

そんなふうには思わないので、蒼央は「いいえ」と首を振った。

恋する心は自分のものでも、自在にコントロールできないのが恋だ。

――僕はたぶん、スーツに恋をしているようなものだから。

「そういう人同士だと、やっぱり続かないですよね」

恋人には向かない。「僕みたいな人を、恋人にしたくない」というのはそこにある。

蒼央はスーツを差し置いて恋に夢中になったことがなく、相手のほうがより強く自分を想ってくれると傷つける結果になるから、申し訳ない。だったら、いっときの感情で簡単に「好き」なんて言っちゃいけないと思う。

「例えば綿辺さんが一日に考える十個のうち一個でいいから、俺のこと考えてくれたらうれしいですよ」

「それ、一個を二個にしろって言うようになりますよね」

「そういう人とばっかりつきあったの？」

「……おつきあいどころか恋をしたことがないから、ただの妄想です」

交際の経験がないと告げると、異様に驚かれたり、ばかにされたり、あからさまではなくても「性格かどこかにたいそうな欠陥《けっかん》が」というような沈黙の同情を寄せられたりするものだ。

でも真嗣は「そういうの、今の俺には燃料にしかならないよ」とうれしそうに困っている。

「スーツのことしか考えてない綿辺さんが、一個分でも俺のこと考えてくれたら万歳だよ」

一個分くらいなら、もうすでに考えてるかもしれません——と言うと、これも話がややこしくなるから黙っておく。

「で、最後に確認。男の俺に好きって言われても、綿辺さんはそこを気にしてなさそうに見えるんですよね。もしかして男に口説かれたことありますか？」

「男女問わずそういうシチュエーションになる前に、ふたりきりになること自体を避けます」

「あー、綿辺さんがいきなりシャッター下ろす勢い、たしかにすごい」

「男同士……っていう関係はフランスでたくさん見ました。周りにもいたし、それを嫌悪はしないですが……というか、性別うんぬんの前に、恋愛そのものが遠い世界の話だったから」

手の中でたぷたぷと揺れるペットボトルの水に目線を落としたまま、自分に問う。

——僕は、この人が『好み』で、『好き』なのかな？

実際、真嗣にキスをされたときも、今だって、嫌悪の感情は湧かない。でも彼に正面から好意を向けられていることに戸惑っているし、はじめてのキスだからとてもどきどきしている。

「やっぱり……これは恋じゃない……のでは、と思います……」

「綿辺さんは恋をしたことがないのに、『これは恋じゃない』って言われても納得できないんだよな。おまけに男の俺に口説かれて引いてないし。また新たな燃料を投下されただけです」

たった一日で盛り上がったと言ってしまうほうこそ、『恋じゃない』のではないだろうか。

——恋ってそんなに簡単なものなのかな。人気者で社交的な人だからきっとモテるだろうし。『恋じゃない』って僕が言ったから、躍起《やっき》になってるだけ、とか。流行と同じですぐ飽きそう。

それに、いきなりキスしてきたり、言動が軽く感じる。

そっと顔を上げると真嗣に見つめられていて、熱っぽい視線で身体の柔らかなところをなでられた心地だ。ぞわりと背筋が震え、蒼央はうろたえて、うろうろと目線を泳がせた。

真嗣がこちらの反応の如何《いかん》に関係なくぐいぐいくるからどきどきさせられているだけで、なんだかよく分からないまま、「これが恋なんですね」とは思えないのだ。

「そんな顔して、『俺のこと好きだよね？』ってまた言いたくなっちゃうよ」

最後に真嗣は蒼央の顔を覗き込んで「思わせぶりな綿辺さんも好きだなんて思うから、困ってます」と、にっこりほほえんだ。

4

スマホに今日登録したばかりの『綿辺蒼央《わたべあお》』のデータを眺めて、真嗣《まつぐ》はにんまりとした。蒼央の携帯番号、メールアドレス、LINEアカウント。これでいつでも連絡可能だ。

ごろりとベッドで寝返りを打つ。

ここに、ついさっきまで蒼央がいた。記憶が飛ぶほど飲んだ翌日のきつい二日酔いのせいで、彼は朝食も食べずに帰ってしまったのが残念だ。今日、『タイユール・ヴェール・マラン』は休店日だが、「仕事がある」ときのう飲んでいたときから話していたので仕方ない。

——一緒にすごすためのチャンスは、また作ればいい。これはそのためのツールだ。

蒼央がどういう人なのか、昨晩の段階で様子見して二の足を踏んでいたら、先にシャッターを下ろされてしまった可能性は高かった。しかし、真嗣が「もしかして恋愛方面には奔放な人なのかも」と勘違いしたことで、彼のいつ閉まるか予測不能な戸口にストッパーをがっちり噛ませることに成功したのだ。

とはいえ、「好き好き」と口説いてくる相手に、ちょっと油断しすぎじゃないのだろうか。つけいる隙を与えすぎだ。同性に口説かれているという部分にも拒否反応がないところなど、喜びの反面、心配にもなる。自分以外の男や女に口説かれて、さらっと攫《さら》われかねない。チャンスもあるがリスクも大きいということだ。

「恋じゃないっていいながら、口説きに使い放題のツールをこっちにあっさり公開するんだもんな。強堅なようで迂闊《うかつ》なところも……いっそかわいい……」

けっきょく蒼央は、真嗣を拒絶できない。とりわけ好きでもないのだろうけど、そもそもきらいじゃない、むしろ『顔も身体も彼好み』なので、優位な位置から蒼央に近付ける。

——お父さん、お母さん。「そこまでイケメンじゃない」って枕詞《まくらことば》みたいにつけられる人生だったけど、この顔と身体に産んで育ててくれてありがとうございます。

会った人にときどき評される『おしゃれな顔』というのも、ちょうどいい褒め言葉が見つからないからだと思っていたが、蒼央が何度も言ってくれるのでうれしくなってしまった。

昨晩、彼は「たった一日で」と真嗣の気持ちを疑っていた。でも恋心が盛り上がる下地はそのもっと前からあったのだし、信頼はこれからこつこつ積み重ねていけばいい。

——また一緒に添い寝くらいしたいなぁ……。さすがに次にうちに連れてくるのは警戒されるかな。

会ってまだそれほど経っていないのに、キスして、好きだとはっきり告白してしまったのだ。時期尚早《しょうそう》だったかもしれないが、黙ってもいられなかった。

——関係をあたためる前に告白しちゃったからなぁ……これからどうやって攻略しよう……。

幸いなことに見た目は好みど真ん中らしいので、だったらもう、もっと好きになってもらうしかない。顔も身体も、あなたのぜんぶが好き、と蒼央に想われたい。

——あぁ……なんかこんなのはじめてだ……。

蒼央の寝顔を、くちづけを、酔ってとろんととろけた笑顔を思い出すと、胸がぎゅううときつく絞られてしまう。

もうこの歳になれば、それほど熱くなるような恋なんてないのだろうと思っていた。かといって、十代の頃にも、こんなふうに感じたことはないのだが。

——これって心臓の病とかじゃなくて、ときめきだよな?

思わず心配になる。

どうやら真嗣自身、覚えがないくらいの恋らしい。


ねじ込んだ企画より先に決まっていた『ツウ好みのスーツをセレクト』の企画も動き出し、蒼央に会いに行くきっかけをつくろうと躍起にならなくても、その機会は間もなくおとずれた。

真嗣の部屋でのお泊まりから一週間が過ぎた水曜日。邪魔にならないように店がクローズしたあと、企画用のリースのために『タイユール・ヴェール・マラン』を訪ねる。だが、リースは基本的にプレスとの仕事だ。

いくつかあるサンプル品から企画に合いそうなものを選んで、お借りする。『はじめてのオーダースーツ』のほうの企画で、すでに店のコンセプトや紹介ポイントなど話を聞いているのもあり、蒼央との直接の絡みは少ない。

プレスの安藤《あんどう》とやり取りをしている途中で、仕事が立て込んでいるという蒼央は作業場のほうへ戻った。真嗣が覗いたとき二階のアトリエのほうも忙しそうだったが、二十一時過ぎにはそちらの明かりが消え、縫製の職人やアシスタントは帰ったようだ。リースの仕事が終わったのは、それから三十分後。安藤も帰り支度《じたく》をしている。

——綿辺さん、まだがんばるのかなぁ。

真嗣がちらっと様子を窺うと、蒼央がもくもくと一階の作業場で手元を動かしているのが見えた。距離は近いのに、彼は今、真嗣のことなど視界の端にも入らない様子だ。

このあと何も予定がないし、いつもならプレスなどに「ごはん行きます？」と声をかけられたり、反対に真嗣が声をかけたりして、親睦《しんぼく》を深め、情報収集などするのだが。

忙しそうな蒼央に直接声をかけることもできず、安藤に「綿辺さん、何時まで？」と問いかけた。安藤の話では「終電までか、逃したらそのままアトリエに泊まりですね」とのことだ。

——早くてもあと三時間くらいか。

あしたは通常通りの営業日だろうから、そのあとどこかへ飲みに、というわけにいかない。

「綿辺さんは、ごはんどうすんの？」

「必要なときは軽食のケータリングとか、いただいた差し入れをつまむとか。いつもあんなかんじで没頭《ぼっとう》しちゃうんで、ちゃんとした食事となると声をかけるタイミング難しいですし、綿辺さんからも『気にしないで』って言われてます」

安藤に「というわけで、声だけかけて帰りましょう」と促されてしまった。

——ああ、話したい。話せなくてもいいから、見てたいなぁ。

しかし「見学しててていいですか」などと訊いて、気を遣わせたくない。

「綿辺さん。わたしと吉成《よしなり》さん、帰りますね。お疲れさまです」

少し離れたところから安藤が声をかけると、蒼央が「あっ」と慌てた様子で立ち上がりかけたので、「だいじょうぶですよ。お仕事続けてください」と真嗣のほうからそれをとめた。すると蒼央は申し訳なさそうに「ありがとうございます。お疲れさまです」と返し、またすぐ手元のほうへ目線が戻ってしまう。

ほとんど絡みがないままで少しさみしいが、仕事なのだから仕方ない。

ドアを閉める寸前にもう一度、蒼央のほうへ目をやったが、こちらをまったく見なかった。

「綿辺さん、作業中はいつもあんなかんじ?」

「ですね。針先しか見てないから、コーヒーを淹《い》れて置いててても忘れられちゃう」

「何かに熱中しているときの子どもみたいだ」

「ほんとに。わたしと吉成さんが帰ったんで、今頃あの長めの前髪をこんなかんじで、ちょんまげにしてとめてますよ。のってるときはいつもよりノリのいいスイングジャズとかかけるの。

追い詰められたときの綿辺さんの、無双《むそう》スタイルです」

安藤が前髪を束《たば》にするポーズで蒼央の秘密を教えてくれて、真嗣は「まじで？」と沸いた。

蒼央はどうやら自分自身の容姿には無頓着《むとんちゃく》なようで、スポーツクラブでいつもつけているターバンにしても見た目より機能を重視しているようだ。

――ちょんまげ前髪の綿辺さんも見てみたいな。

「わたしが『タイユール、それはお客様に見られるとイメージ的にまずいです』ってとめたんですけど、ピンとかクリップはじわじわ落ちてくるからいやなんだって。留め方の問題な気がしますけども。とはいえ、わたしがつけてあげるのもどうなの、って遠慮しちゃってます」

蒼央と彼女の関係はまだそういう距離感ではないから、ということらしい。そこには安心するが、ときどきしか会えない真嗣より彼女のほうが当然のことながら『綿辺蒼央』に詳しそうだ。真嗣は満足できるほど蒼央と会えない分、せめて彼に関する話が聞きたい。

「俺、仕事柄そういうヘアアレンジけっこう得意。今度やってあげよっかな。あ、これもおすすめ、サッカー選手とかがやってるスポーツ用のヘッドバンド」

ゴムにシリコン製のストッパーがついた細いヘアバンドをバッグから取り出して見せると、安藤が「あー、これだとだいぶかっこいいですね」と笑顔でうなずいた。

もう「これを彼に渡してあげたい」だなんて強引に、店に戻る口実にしたくなってくる。

「安藤さん……。綿辺さんは、おなかすかないかな……」

真嗣がぽつりと言うと、安藤が呆《あき》れたようなため息をついて「ふたりとも、もう」と笑った。

「じつは綿辺さん、今日ちょっとそわそわしてたんですよ。『夜に何かつまめるもの買ってお きましょうか』って訊いたんですけど断られて。リースのあとに吉成さんとごはんに行きたい と思ってたのかも。でも急ぎで仕上げてくれっていう連絡が午後から入ってしまって」

安藤は、あの晩蒼央が酔っ払ったあげくに、真嗣の部屋に泊まったことを知っている。蒼央が話したらしい。

「えー……そんなの聞いたら、戻るしかないじゃないですか」

「でも、没頭してるときは、そういうことのいっさいを忘れるタイプなんですよねー。声かけても生返事されちゃうので、作業中は重要な質問しちゃだめですよ」

「綿辺さんがそうでも、俺はべつに気にしません。それにあんなかっこいいフレンチスーツ着てるのに、ちょんまげ前髪？　あり得ない。スタイリストとして許せませんね」

「そこはほんと、吉成さんがどうにかしてあげてください」

「俺やっぱ店に戻る」

安藤は楽しそうに笑って「じゃあ、よろしくお願いします」と手を振って見送ってくれた。

『タイユール・ヴェール・マラン』の紅一点である彼女は、プレスであり秘書のような役目も担《にな》っている。広報を任されるだけあって華やかな雰囲気のある美人さんだ。仕事上、蒼央と近い関係にあるが、彼女のほうは蒼央に対して一線を引き、後方から見守っているかんじがする。

一方、蒼央は自称スーツバカだし、安藤の話しぶりからしても恋仲を疑うまでもなさそうだ。

「さて。この近くで何か、フィンガーフード的なもの……」

差し入れ、プレゼント、テイクアウト。急に入用になったとき、場所、曜日、時間、用途に合わせ、素早く見繕《みつくろ》うためのリストをスマホに入れている。二十二時に近い時間ともなれば、デリを扱うカフェは閉まる寸前、深夜営業の飲食店が手っ取り早い。

南青山骨董通りから十分もかからないところに、持ち帰りも可能で、深夜まで営業しているビストロがあることを思い出した。ラップフードとスープを電話でオーダーしておいて、受け取ったら『タイユール・ヴェール・マラン』にとんぼ返り。

——冬の夜に、急ぎ足で汗かいて。会いたいがために俺けっこう必死だわ。

好きな人にどうしても会いたくて、なんて、自分がまさか恋愛ドラマみたいなことを本気でする日が来ようとは。でも恋に懸命な自分のことが、ちょっとうれしいとも思う。

クローズ後は窓から店の中を覗けないけれど、安藤の情報どおりのジャズミュージックが聞こえてきたから、蒼央がいるのは分かった。

「しかもけっこう大きめの音量だよ」

鍵《かぎ》がもう閉まっているので、中から解錠《かいじょう》してもらわなきゃならない。店のほうは留守電応答だったので蒼央のスマホに電話をかけるが、なかなか出てくれない。会いたいから戻ってきたのに、七コール、八コール、と呼び出し音が無情に繰り返される。

「綿辺さぁん……気づいてよー」

不安になるほど長いコールが続いたあと、ようやく彼が応答した。

窓にかかったカーテンが内側から捲られ、スマホを耳に当てた蒼央がガラス越しに顔を出す。

蒼央は真嗣の姿を見つけると、ぱあっと明るく表情を変え、鍵を開けてくれた。寸前までカーテンと窓枠《まどわく》に隠れていたが、現れた蒼央は安藤が言うとおり、あまりにもひどいちょんまげ姿だ。本人はきっと、その前髪のことを忘れている。

「吉成さん、どうしたんですか？　忘れ物？　安藤さんは？　一緒に帰ったんじゃ……」

ある意味、忘れ物かもしれない。

真嗣が「安藤さんはもう帰った」と告げると、蒼央はなぜだか今度は気まずそうに俯いた。

「戻ってきたのは……俺、やっぱり綿辺さんに会いたくて」

「え？」

蒼央は、さっき会ったのに？　と言いたげだ。そういうところが彼らしい。

『おなかがすいてるんじゃないかと思って』『そのちょんまげをどうにかしてあげなきゃと思って』という言い訳を用意していたのに、真嗣の口から出たのは本音のほうだった。

蒼央はわんぱく高校生みたいな食べっぷりでラップフードとスープを五分もかからず食べ、

すぐに作業台の前に戻った。傍で見ていることを許してくれたとはいえ、真嗣は遠慮して少し離れたところに座る。

店内に響くジャズについては詳しくないけれど、多分ビッグバンドと呼ばれるやつだ。

フランス時代に師匠が明るい雰囲気のジャズをBGMにしていたそうで、こういうノリのいい音楽が流れているほうが作業に没頭できるらしい。

「このリズムにのって、針を刺すのが心地いいんです。フランスのメゾンにいた頃はつねに周りに誰かいる環境だったから、人の気配にも慣れてます」

ただ、手元に集中しているから、話しかけられると調子が狂ってダメらしい。

真嗣が「お気になさらず、どうぞ」と促すと、蒼央は「では」と作業台のほうへ完全に向き直った。

真嗣からの差し入れを食べる直前まで、蒼央はちょんまげ前髪のままだった。

――タイユールとしてはNGでも、あれはあれでかわいかったけどな。結びっぱなしだったことを思い出したときの、ヘアゴムの雑な取り方なんかもう……。

指で強引にぐいーんと引っ張ったせいでヘアゴムに前髪が絡まってしまい、真嗣が取ってあげなきゃならなくなるという手のかかりよう。

――まぁそのおかげで、綿辺さんの髪にさわっちゃったんですけどね。

どさくさでかなり接近した。「よけい取れなくなるから動いちゃだめだよ」と言うと大人しくしてくれて、でも耳が赤くて、仕事中じゃなかったら衝動《しょうどう》で抱きしめていたかもしれない。

申し訳なさそうに俯いている彼を見下ろしながら、真嗣は内心で「ラッキー」とほくそ笑んでいた。その流れで、真嗣がヘッドバンドを「こうやるとズレにくい」と教えながらつけてあげたので、今はヘッドバンドで前髪をとめている。

「吉成さん、これほんと落ちてこない」

感心したように言う蒼央は、針を刺す手元に目線を落としたままだ。

「でしょ？　それあげるから。もう店にいるときはあのちょんまげはやめなね」

「いただいていいんですか？」

今度はこちらを向いてくれた。ふいだったのと、飼い主に呼ばれた猫みたいにくるんとした目をしているのが、真嗣の胸のど真ん中を衝《つ》いてくる。

――ぐあああ……まじで、なんなのその顔……もう、好き！

真嗣はきゅうんとなりながら「色違いで持ってるから、どうぞ」とほほえんだ。

「ありがとうございます。いただきます」

蒼央がリラックスした表情でうれしそうにしたのを最後に、会話はぱたりと途絶えた。

彼はとにかくすごいスピードで、なおかつリズミカルに針を刺す。その姿はまるで、楽しそうにピアノを弾いたり、ゆるやかにバイオリンを奏《かな》でているように見えたりもする。

――『ずっと見てられる』ってあなたが言ってくれたけど、俺だってそうだよ、綿辺さん。

ジャケットが魔法みたいに縫い上げられていく。以前取材したときに、上着の端に入れるハンドステッチについて、「この端の2ミリのところから繊維《せんい》一本分内側を縫います」なんて神業を当たり前のことのように蒼央が話していた。その『繊維一本分内側』のところに、「ほんとにそこを縫ってるの?」というスピードでステッチをかけている。

――かっこいいなぁ。今日だけで俺を何回惚れさせせんだよ。これで恋愛経験皆無? ってことはやっぱり、高速で頑強なシャットアウトシャッターを搭載《とうさい》してるんだろうなぁ……。

一度こじ開けたからって、開きっぱなしになるわけはない。再び完全にシャッターが下りてしまう前に次の手を打ちたいし、真嗣がそこに立ったときだけ自動で開くようになってほしい。

エンドレスでジャズが流れる中、作業がひたすら続いて、それから蒼央が「終わったぁ……」と椅子の背もたれに寄りかかったのは、深夜二時半過ぎだった。

真嗣が「おつかれさま~」と声をかけると、蒼央は「もうこんな時間っ?」と慌てている。

「終電ないとき、上のアトリエに泊まってるそうですね。さっき安藤さんがそう言ってたんで。俺も泊まっていいですか?」

「……あ、はい……」

蒼央が一瞬詰まったことも気付いたし、あつかましいお願いだと自覚しているが、遠慮していたら彼のシャッターがまた、ガシャーンと下りてしまう。

あえての知らん顔。名付けて『傍にいることに慣れさせよう作戦』。

——終電に間に合わなかったのを好都合に利用させていただきます。

もし間に合っていたら、様子を見て別の手段を考えればいいや、と思っていたが、神様が味方してくれているらしい。

——これもセレンディピティ、かな。

俺はツイてる、と念じて、幸運を引き寄せる。

すると蒼央がぱたぱたと片付けを始めて、真嗣は床の掃除を手伝った。

「ええっ、す、すみません。掃除を手伝ってもらうなんて」

「いえ。これくらい。綿辺さんの神業的テーラリング、じっくり見学できてラッキーでした。あ、俺がずっといるの邪魔じゃなかったですか？」

「ぜんぜん……というか、僕が自分の世界に入っちゃって、退屈させたんじゃないかと」

「退屈に思ったらこんな時間まで居座りませんって」

蒼央は「それならよかったです」とてれた笑みを浮かべている。

片付けの最中にふと、タイユールが使っている道具が目についた。

「あ……この墨流《すみなが》しの裁《た》ち鋏《ばさみ》、同じのを俺も長年使ってる」

裁ち鋏の名工によって、一挺《いっちょう》一挺、丹精《たんせい》込めて作られたものだ。

同じものを真嗣も愛用していると知ったからか、蒼央がぱっと表情を明るくした。

「この鋏の切れ味、最高に気持ちいいですよね。渡仏するときに願掛けで買ったんです。だから当時の初心とか、決意とか、自分の思いがこれにはこもってます」

「俺はハタチの記念に買って、もう八年かな。一生ものだから、研《と》ぎ師《し》に出してだいじに使ってる」

気付けば蒼央にじっと見つめられていて、真嗣は首を傾《かし》げた。そんな真嗣の反応に気付いた蒼央は不自然に目を泳がせている。

ばっちり目が合ったせいの照れ隠しなのか、蒼央は裁ち鋏を手に取って「そ、そうだ、そういえば、最後に出したのいつだったかな」と声を上擦らせた。そのなりゆきで、小刃《こば》や刃裏、樋底《ひぞこ》、ネジの摩耗《まもう》具合などを熱心に確認している。

「僕もそろそろ研ぎに出さないと……。忙しくなればなるほど、大切にしないといけないものですよね。『忙しい』を言い訳に甘えて、おろそかになりがちです」

蒼央のその言葉に「鋏だけじゃなくて」と別の意味もこめられていると感じたので、そう読み取ったことを伝えるために、真嗣は彼の言葉のあとに続けた。

「うん。余裕がなくなると、いろんな大切なことを忘れそうになるんだよな。でもそういうときにこの重みを手で感じると、はっとする。『慌てないで深呼吸して』『落ちっぱなしの目線上げて』『何か大切なこと忘れてないか』って。俺にとってはそういう戒《いまし》めにもなってる」

蒼央にうれしそうに見つめられて、真嗣は今度こそ「え、何?」と問いかけた。

「吉成さんは、僕が言いたいこともですけど、さらにその先を汲んでくださるから……。そうなんです、そういうことなんです、って伝わる感覚がなんだか、うれしくて」

話し下手だという彼にそう言われたら、真嗣もほっとする。

真嗣が小さな喜びをじんわり噛みしめていると、蒼央がさらに続けた。

「スタイリストは流行を追って、見極めるのも仕事ですよね。ファッションでいう『タイムレス』とか『一生もの』って、実際にそうできる商品は案外少ない。僕も長く愛用してもらえるようにスーツを仕立てるけど、古くなればアップデートするものだっていうのも分かってます。でも吉成さんには間違いなく一生大切にするものがあるんだって、漠然とじゃなくてそれがちゃんと見えました。そういうのも、うれしいじゃないですか」

「この墨流しの裁ち鋏以外にも、ありますよ？」

真嗣はにこにこと指を折って挙げていく。

「バイブルみたいな存在のスタイルブック。海外へのバイイングにはじめて同行したときの街並みの写真、とか。他人から見ると、大切さが理解できないものかもしれないけどね」

ターニングポイントとなった思いが詰まったものたち。それらは真嗣が何かに迷ったり、つまずいたりしたときに自分を奮《ふる》い立《た》たせ、勇気づけてくれた。

飽きる。リバイバルではやってるけどかたちが古い。単純な劣化。不要になって捨てる——それが悪いわけじゃないけれど、真嗣がぜったいに信念として手放さないものもあるのだ。

「人生で、本当に長く大切にしたいものって、そんなに多くないよなぁ」

「……そうですね。人はもともと両手で持てる分くらいしか、本当には大切にできないものかもしれない。しかも僕は、その両手ですら上手に使えてないんじゃないかって……」

蒼央は不安げに自分の手のひらに視線を落としている。テーラリング以外の部分で、彼はきっと自己評価を高くできずにいたんだろうな、とこれまでのつきあいでそう感じた。

「千手観音《せんじゅ》の手みたいにたくさん持てる器用な人もいるかもしれないけど、それでいいんじゃないかなぁ。綿辺さんは自分にとって大切なものを、真摯《しんし》に懸命に護《まも》ろうとしてる人です」

そんな真嗣の慰めに蒼央はほっとしたように笑う。

「……吉成さんはいつも『それでいい』って言ってくれるし、否定せずに受け入れてくれそうな安心感があります。だから、僕が他の人とは話したことのない、こういう会話もできるんじゃないかなぁって思います」

蒼央はほっこりとうれしそうだが、そんなことを言われたこっちはその百倍くらいは沸いてる！　と真嗣は心の中で小躍りした。

「綿辺さんと考えてることが近いかんじがするのが、俺はうれしいですよ」

こうして近付くごとに、また蒼央を好きになっていく。欲張りを許されるなら、彼がそういう喜びだけじゃなく、もっと深い好意を寄せてくれるといいなと真嗣は思った。

5

たとえば、「かわいいね」と言われ続けた女の子は、どんどんかわいくなると聞いたことがある。

それがもし言葉の魔法によるものなら。「俺のこと好きだよね？」と訊かれたせいで、その人を本当に好きになってしまったり……するのだろうか？

少なくとも好意はある。だからこんな狭《せま》いソファーベッドで寄り添うようにして眠ったし、目覚めてからも傍を離れようと思わない。

二階のアトリエにあるソファーベッドをフラットに倒し、真嗣《まつぐ》と並んで寝たのは午前三時過ぎ。疲れていたので、ふたりとも寝落ち状態だった。

四時間ほど経《た》って蒼央《あお》が先に目覚め、真嗣の寝顔をこうして間近で堪能《たんのう》している。

——いいなぁ……ずっと見てられる。次に生まれ変わるならこんな顔がいいな……。

きのうの夜、一度は安藤《あんどう》と帰ったはずの真嗣が、差し入れのラップフードとスープを買って戻ってきた。

——すごくうれしかった……。

真嗣は蒼央の髪に絡まったヘアゴムを取り、代わりにヘッドバンドをつけてくれた。その間、真嗣にふんわりと抱きしめられているようで、なんだか胸が異様にどきどきしていた。

最初はただ、彼のおしゃれな顔とスーツが似合いそうな体型が羨ましかっただけだ。蒼央が言う『好み』という言葉はじつに的確にその気持ちを表している。

――好み……好み……好みと好きは似て非なるもの……。

でも、最近ちょっと変なのだ。「俺のこと好きだよね？」と真嗣に訊かれてから、その問いがいつも蒼央の頭のどこかにあって、まるで呪文のようにリフレインする。ふとした瞬間にその言葉が目の前に出てきたり、胸に訴えかけてきたり、肩をたたいたりする。

――吉成《よしなり》さんは気付いてなさそうだったけど、きのうの僕は変だった。

きのうは朝から妙にそわそわした気分だった。店がクローズしたあとリースのために真嗣が来ることは分かっていたから、また「ごはん行きましょう」って誘われるかな、なんて考えて、夜食の準備はいらないと安藤に断った。ところがそのあと急な仕事が入り、ばたばたしているうちに企画のリースのために真嗣がやってきて、けっきょく話す暇もほとんどなく終了してしまった。

――……吉成さんが安藤さんと一緒に帰るの……いやだった。

ふたりが帰るというので、あいさつをして素知らぬ顔を通したけれど、本当は胸がじりじりと焼けていた。今からふたりでごはん食べて帰るのかな、そのあと飲みに行ったりするかもしれないし、それで僕が酔ったときみたいに部屋に泊めたりするかもしれない。そのあとそのあと……、とひどく心が乱れた。

——仕事に向かう集中力が僕の取り柄《え》なのに。

僕に好きって言ったって、きっと誰にでもあんなかんじなんだ——と勝手に妄想し、責める権利などないのに、蒼央はひとりでぽつんと作業台の前でささくれていた。

自分のいちばん身近なところで働くスタッフに対して、どろどろとした感情を覚えていることに蒼央自身、気付いてしまった。

このままではいけない。気分を上げる音楽を大きめの音量で流して、目の前の針先に気持ちを注がなければ。一度集中してスピードに乗ったら邪念なんか吹き飛ぶんだから——と自分を奮い立たせて気持ちを切り換えようとした。

そのタイミングで真嗣が戻ってきてくれて、店の前に立っているのを見た途端、蒼央は身体のあちこちがざあっと粟立《あわだ》つのを感じた。そんな感覚は、はじめてのことだ。

あからさまなくらい、彼が来てくれたとたん気分が高揚《こうよう》し、朝までかかるかもと思っていた作業は調子よく捗《はかど》った。

音楽にのって、ジャズのリズムに引っ張られて。もちろんそれだけじゃないことくらい、さすがに自分でも分かる。

「俺のこと好きだよね？」——あれはもしかして、『好きになる魔法』だったのだろうか。もしくは、「僕はあの人が好き」ということに、気付かされる魔法だったのかも。

――まさか。あんなこと言われたからって、好きになるなんてありえない。それこそインスタントすぎるよ。

いっとき芽生えただけの感情に振り回されて仕事に支障を来《きた》すようなら、それはタイユールの蒼央には必要ない。そう思うのに、感情というかたちなきものは身体の内側にあって、「いらない」と上着みたいに脱ぎ捨てることも、ネクタイみたいに適度にゆるめることもできない。

蒼央が生きてきた中で、これほど扱いにくく持て余すものははじめてだ。

そうなると、あの言葉は「こんな僕が恋愛なんてできるはずがない」という思い込みの呪詛《じゅそ》をとかすものだったのかもしれない。

――だいたい、吉成さんが僕の好みすぎるからいけないんだ。

八つ当たりみたいな、結論にもならない結論を出して、蒼央は傍にある真嗣の寝顔を遠慮なく眺めた。すぐに視線を逸らしがちな蒼央と反対に、真嗣はいつもまっすぐに目を見て話す。彼が起きているとき、ぜったいこんなふうに見つめることはできない。

――あぁ、でも吉成さんの目が好きだから、本当は開いてるときにこんなふうに見てみたいんだけどなぁ……。

そんなことを考えながらうっとりしていたら、真嗣のまぶたがふいに開いた。

「……っ」

寝たふりをする間もなく、目を逸らすタイミングも失って蒼央が硬直していると、真嗣は色気のあるため息とともに「おはよ……」と掠れ声であいさつをくれる。

　気だるい寝起きの表情は、いつも見る真嗣の潑剌《はつらつ》とした明るい雰囲気と違っていて、蒼央は胸をこぶしで殴られたような衝撃を受けた。脳と心臓が熱く滾《たぎ》り、沸騰《ふっとう》した血液が一気に全身に送り出されていく。真嗣の部屋に泊まった翌朝、彼は普段どおりの顔をしていたから、あれは蒼央より先に目覚めてたんだ、と今になって分かった。

「……え、何……？」

　ゆるくはにかんで、その甘やかな訊き方がデキあがった恋人に向けるそれっぽい。

　蒼央の胸の鼓動がどんどこどこどこ大音量になっていく。こっそり寝顔を観察していた気まずさも相まって蒼央は場所も考えずに後退《あとずさ》り、ソファーから騒々しく転げ落ちた。

「ちょっ……綿辺《わたべ》さん、だいじょうぶっ？」

「だい……じょうぶです」

　答えながらなんとか体勢を立て直す。古いコントみたいな落ち方が恥ずかしすぎて顔を上げられずにいると、真嗣に腕を掴まれてソファーベッドの上に引き戻された。

「高さのないソファーだからよかったけど……ほんとにケガしてない？　どっか痛いところないの？　指は？」

　真嗣は顔を険《けわ》しくして、蒼央のシャツの袖をぐいと捲り上げ、腕の内側や外側、指先まで心配そうに確認している。

「ほんとに、だいじょうぶ……毛布ごと落ちましたし、ほんとに……」

しどろもどろの蒼央の顔を真嗣が覗き込んできた。

「もう……気をつけてくださいよ、タイユール。誰も代わりになんてなれない唯一無二の商売道具なんだから」

「は、はい……すみません」

右手を真嗣の両手で包まれると、そこことは関係ない頭の芯がじぃんと痺れる。

優しい怒り方にも、そっと目線を上げればすぐ傍にある彼の柔らかなほほえみにも、再びぽーっとなってしまった蒼央だった。


仮縫い、本縫い、メンテナンスにリメイク。何人ものお客様から受けたオーダーの異なる工程を、同時に進める。その中のひとつである、真嗣のフルオーダースーツは現在仮縫いの段階だ。

メジャーで測《はか》った数値に加え、目視とビスポークで得た情報と手でふれた感覚などからイメージしながら縫っていく。つまり作業の間中、真嗣を思い浮かべることになる。

普通のお客様のオーダースーツだって手順は同じだ。特別に丁寧にしようというわけではなく、ただ他とは少しだけ違う感情が自分の中にあることを、蒼央はじんわりと感じている。

真嗣が二階のアトリエに泊まった日から五日ほど経ち、以降は彼の声も聞いていないし会ってもいない。けれど、こうして真嗣のことを考えながら作業をしていると、仕事のためだけかな、と思ってしまうことがある。

アトリエに泊まった翌朝、真嗣が寝起きの掠れた声で「おはよ」とあいさつしてくれたときの甘くて色気のある表情など、脳内フィルムがすり切れるくらい何回も思い浮かべた。他のお客様だったらあり得ない場面だ。

——……かっこよかったなぁ。あんな寝起き顔、女の子が見たら何度でも惚れ直しちゃうよ。同性だけど見とれたし、どきどきして、脳と心臓がぶくぶくと煮えそうだった。今だって思い出しただけで体温が上がり、鼓動がどどどっと早くなる。

真嗣がかっこよすぎるせいでソファーから転げ落ち、起き抜けに真嗣を慌てさせて、たいへん申し訳ないことをした。

——僕が無様なのは今に始まったことじゃないけど……。

そこから頭を切り替え、蒼央が仕立てたスーツを真嗣が着る姿を想像する。

『それを着て、綿辺さんとデートしたいな』と彼が言ったから、僕とどこへ行くつもりだろうとか、食事するならフレンチレストランかなとか、車を運転したりするのかなとか、お酒を飲むなら物静かなバーテンダーがいるクラシカルな内装のバーもいいけど、明るい雰囲気のカフェバーもいいなとか、わりと具体的に妄想して、ちょっとにんまりしてしまった。

イタリアンレストランで真嗣が蒼央の顔を覗き込み「俺のこと好きだよね？」と訊いた場面を、こね上げた妄想とオーバーラップさせた瞬間、「綿辺さん」と呼ばれてはっと顔を上げる。

「今、何かいいこと考えてました？」

作業台の向かいに座るアシスタントの片山《かたやま》から問われ、蒼央は「い、いや、あの……」とついうろたえた。片山はまた別のお客様のオーダーの、ポケットを縫いつける作業中だ。

「吉成さんのスーツですから、吉成さんがこれを着たときのことを考えていただけです」

事実だし決しておかしなことではないので正直に打ち明けると、片山は目を大きくして「わお」と驚いている。

「綿辺さん……恋慕《れんぼ》する人のことでも考えてるのかな、っていうような表情してたから」

「恋慕……れっ、えっ、ち、違いますよっ」

強く否定したけれど、片山はそれに関してとくに返答をしないまま、真嗣に関する別の話題を振ってきた。

「吉成さんが『ミリオンスターズ』さんのところで撮影してましたよ。さっき、昼休憩《ひるきゅうけい》でその前を通ったとき、ちょっと離れてたけど『片山さん！』って声かけてくれて」

三ブロック先のセレクトショップだ。近くにいる、と知らされただけなのに、蒼央は再び鼓動が速くなるのを感じる。

——近くにいるなら、こっちまで来てくれるかな。

これまでも何度か差し入れを持って来てくれたので、ついそんなことを考えた。

真嗣に会ったのはたった五日ほど前のことだ。特別に話したい用件があるわけでもないが。なんなら差し入れなんて必要ない。ただちょっと顔を見せてくれたらいい。

そんな会話から四時間以上過ぎても真嗣は現れず、もう近くにはいないかな、と少ししょんぼりしつつも、粛々《しゅくしゅく》と作業をこなしていたときだった。

『タイユール・ヴェール・マラン』の扉が開いて、真嗣が「こんにちは」と顔を出した瞬間に蒼央は一瞬素《す》になって、傍目に分かるほど頬をゆるめてしまった。それをまた片山に見られていて、「ほほえましい」とでも言うようににっこりされたのがいたたまれない。

「片山さん、さっきはどうも。これ、みなさんでどうぞー」

真嗣が先に片山に声をかけ、差し入れを渡す。

「あ、これ近くにオープンしたばかりの店ですよね。安藤がお昼前に見たときに『三十人くらい並んでたからやめた』って話してました」

「じゃあ喜んでいただけるかな。行列がタイミングよく途切れたんですよね」

ふたりの会話を耳にして、なんの店だろ、と気になるけれど、蒼央は気分がそわそわするばかりで訊けない。

「綿辺さん、こんにちは。あれから腕だいじょうぶでした？」

真嗣にようやく声をかけられて、蒼央は「あ、はい、だいじょうぶです」と腕を振って見せた。傍で聞いていた片山が「なんかしたんですか?」とごく自然に会話に入ってくる。

「ちょっと、まぁ。でもほんと、なんにもしてないです。なんでもないんで」

――まさか二階のアトリエにあるソファーベッドで吉成さんと一緒に寝たとき、僕がそこから落ちたんです……とは言えません。

その状況を詳しく説明するのは恥ずかしいので、言葉を濁《にご》した。

ちらっと真嗣のほうを窺うと少し表情が曇って見え、強めに否定しすぎたかと焦ったが、次の瞬間には「差し入れのチョコどら焼き、綿辺さんが好きかなと思って」とぱっと笑顔になる。

「チョコとどら焼きはばらばらにしか食べたことないけど……たぶん好き、です」

「聞いてくださいよ片山さん、みなさんと行ったイタリアンのあとふたりで残って飲んだとき、綿辺さんがひとりでおつまみのチョコぜんぶ食べちゃって。俺に一個もくれないの!」

まったく記憶にない新情報だ。蒼央は恥ずかしさに顔を俯けた。

「あはは。タイユールはビーントゥーバーよりミルクたっぷりめのチョコが好きだから、このチョコどら焼きも好きですよ」

それを買ってきてくれた理由には耳を塞《ふさ》ぎたくなったが、真嗣は蒼央が『チョコ好き』なのを踏まえてそれを選んでくれたのだ。複雑な心境になりつつも、うれしい。

「箱がほんのりあったかいくらいの状態で食べるのがおすすめだそうですよ」

真嗣がそう言うので箱を開けると、ふかふかのどら焼きが並んでいる。

吉成さんも一緒に食べるかな、と思って蒼央が顔を上げると、真嗣は「じゃあ、俺は次の仕事があるんで。がんばってくださいね！」とあっという間に店を出て行った。

まともに会話する暇もなかったのはさみしいが、仕事だから仕方ない。

「せっかくいただきましたし、ちょっと休憩してから、わたしたちもうひとがんばりしましょうか」

「そうですね」

蒼央は気持ちを切り換えてうなずいた。

真嗣がいたのはたった五分程度。潑剌と精力的に仕事をしている人のパワーで、周りも元気な空気にしてくれる。

――吉成さん、忙しいのにみんなに差し入れ持ってきてくれて……。たくさんは話せなかったけど、会えたのはやっぱりうれしい。

気付かないうちに乾いていた土が一瞬にして雨で潤《うるお》うように、蒼央は自分の心に必要なものが満たされた気がした。


今年も残すところあと七日、今日はクリスマスイブだ。

真嗣が絡んだ企画『はじめてのオーダースーツ』を掲載した雑誌が、数日前に発売された。

今号は『オーダー篇』、そして次号の『フィッティング～納品篇』の二回に掲載が分かれている。

　雑誌発売と同時に真嗣が『オフショット』と称し、何枚か蒼央との写真をＳＮＳにアップしていた。それを見たとかで女性誌の取材依頼がいきなり増えたのが、予想外の忙しさを呼んでいる。そういう取材では本業とは若干《じゃっかん》関係のない話題を振られることもあるけれど、安藤が「うちは男性客がメインターゲットですが、女性の支持を得るのは購買層を広げる上で大事なことです」と目をきらきらさせるので、蒼央も自身を鼓舞《こぶ》して対応した。ドラマ制作会社からは「来年冬のドラマの衣装にぜひ」という話もきている。銀座のデパートでの春のオーダースーツ受注会も決まった。おかげでアトリエもフル稼動《かどう》だ。

　真嗣の採寸から三週間が経ち、今日は仮縫いがすんだスーツを試着するためのフィッティングを行った。彼がいつもより早く十八時に来店したのは、撮影後に予定がある、とのことだったからだ。前回同様に少人数編成のクルーも入って、営業時間内なので手短《てみじか》に撮影が行われた。

　フィッティングでは、白いしつけ糸が見えている状態のものを実際に身に着け、追加の要望を訊き、変更したほうがいい箇所を見極める。ここから本縫いに二、三週間ほどかけて、完成したオーダースーツの納品となる予定だ。

　真嗣は一時間ほどの滞在でフィッティングの撮影をこなし、編集部のメンバーを残して慌ただしく帰って行った。

――吉成さんも忙しそうだったな……クリスマスイブだし、年末だし。

二階のアトリエに真嗣が泊まって以降、仕事の合間を縫って何度か差し入れを持ってきてくれている。まだスタッフがいる時間だったり、蒼央がひとり残っている深夜ということもあったが、彼も師走《しわす》の忙しさの中にいる。ひとくちだけ蒼央と一緒に食べて、座ることなく帰ってしまった日もあった。

そうまでして真嗣が『タイユール・ヴェール・マラン』に顔を出す理由を、「綿辺さんががんばってる姿と顔を見て、師走を乗りきるために元気チャージするんだよ」と言っていた。

――せっかく来てくれても僕は、なんて返そうとか、冗談かなとか、どぎまぎするばっかりで黙っちゃって。

素直に「僕も、元気を貰《もら》ってます」と言おうか言うまいかともたもた考えているうちに真嗣がいなくなるからだけど、一時間いてくれたところで今度は言うタイミングを逃すだろうから、けっきょく伝えられないのだ。

忙しさが途切れず、蒼央は店がオープンしてからまだ一度も、丸一日の休みを取っていない。休みを貰ってもとくにすることもないし、毎日コンスタントにしっかり睡眠《すいみん》を取り、ひとつでも工程を進めておいたほうが身体の調子やリズムが崩れない気がする。

フランスにいたころから、そもそもまとまった休みなんてなかった。渡仏して二年くらいは縫い子からカッターになるための鍛錬《たんれん》と語学の勉強に明け暮れ、カッターを任されるようになってからもひたすら仕事の日々。でもそれこそがしあわせだったのだ。周りのフランス人は「休暇を取って旅行にでも行けばいいのに。日本人は働きすぎだよ」と笑っていたけれど、無理をしているつもりは今だってまったくない。

――店は順調。スタッフもみんな士気が高くて、いい雰囲気でがんばってくれてるし。新しい仕事やオーダーも入って、毎日が充実してる。

そんなふうに仕事に忙殺されている間は必死だけど、緊張の切れ間にふと「吉成さんは体調崩したりしてないかな」と思い浮かべたりもする。

――心配するまでもなく、SNSに毎日いろんな人との写真上げてて、笑ってて。今日会ったときも、元気そうだったし。

ああいうオフィシャルなところで見せる姿がすべてではないだろうけど、少なくとも流行の感染症などに罹患《りかん》して困っていることはなさそうだ。

「綿辺さん今日はイブですし、早く帰りましょう」

チーフの片山に声をかけられて、蒼央は「二十時ですね。閉めましょうか」と返した。

クリスマスイブは恋人とすごすもの、なんて日本ならではの風潮のせいで、『タイユール・ヴェール・マラン』のスタッフも街行く人たちも、今日はとても急ぎ足だ。

明日、クリスマスは火曜日で、休店日となっている。クリスマスソングでも聴きながら、明日から真嗣のスーツの本縫いに入るとして、いいかげん少しは身体を動かそうと考え、スポーツクラブに向かうことにした。

ラン・バイク・ランで汗をかいてシャワーを浴びたら、休憩室で少し休んで家に帰る。けれど、長椅子に座ると手持ち無沙汰《ぶさた》になり、蒼央はとうとうスマホを手に取った。知らん顔で我慢していたが、クリスマスイブの今日、真嗣が急いで帰ってしまってから、ずっと彼のSNSをチェックしたい気持ちと闘《たたか》っていたのだ。

——いつも誰かと楽しそうな写真を上げてるし……きっと今日も……。

じつをいうと彼のSNSを見るときはいつも、真嗣が体調を壊していないかという心配より、誰と一緒にいるのかのほうが気になっている。

真嗣はファッションに関連する様々な仕事をしているので、SNSの写真にはいろんなブランドやアパレル関係者が多数登場する。それが仕事なのだから当然だ。真嗣が関わる企画が軒《のき》並《な》み成功しているのは、本当にすごいなと思うし尊敬もする。しかしそんな彼らと真嗣の『仲良しアピール』な写真を見て、蒼央は「おもしろくない」と思った。

ようするに蒼央の黒い感情の根っこにあるのは、つまらない嫉妬心《しっとしん》だ。それも、僕以外の人とも楽しそうだ、という部分にのみ引っかかっている。自分だけが彼にとっての特別ではない、という当たり前のことが、本当に心底、おもしろくない。

つい気になって過去の投稿画像までさかのぼり、何かのパーティーで女性が真嗣にべったり頬と頬をくっつけている写真を見つけてしまったときなど、蒼央は頭が真っ白になって、どっと謎《なぞ》の汗が出た。

だから今、真嗣のアカウントを見れば、とりあえずいやな気持ちになりそうだ。イブの夜、今この瞬間に、真嗣が誰といるのか分かってもいやだし、分からなくても、もやもやタイムを引きずることになる。見ないほうが心を健全に保てるかといえば、それもまた否《いな》。

蒼央はえいっと、真嗣のSNSアカウントをチェックした。

お祭り騒ぎみたいなごちゃごちゃした写真に『○○さん主催のクリパ！』とだけ真嗣のコメントがあり、六本木のレストランの位置情報がついている。

写っている人物が多すぎて、これみんな吉成さんのお友だちなのかな、と蒼央は首を傾《かし》げた。派手な電飾の帽子をかぶった人や、仮装した人、人相が分からなくなるほど大きな装飾がついたメガネをかけた人、いろいろだ。その中に、スポーツクラブで真嗣といるのをよく見る男性と、以前アップされていた写真で、真嗣と頬を寄せ合って写っていた女性を目敏《めざと》く見つけた。

それまでざわついていた心が、途端にしんとなる。たまたま見つけたのではなく、なんとなく予想していたから『見覚えのある人』を捜したのだ。そんな粘着質な行動に自分で驚き、あまりのいたたまれなさでじっとしていられなくなり、今度は胸がきりきりと痛みだした。

みんながパーティーを楽しんでいる雰囲気が写真から伝わる。妬《ねた》む気持ちはない。楽しそうに見えるが、自分もそこへ行きたいとは思わない。こんなびっくり箱を開けたみたいな世界を一緒に楽しめるような人なら、きっと真嗣とうまく行くのだろう、と思うだけ。

——住む世界がぜんぜん違うって……こういうことを言うんだろうな。

彼が蒼央のことを好きだと言ってくれたのが、遠い日のことみたいだ。あのとき「ずいぶんインスタントに恋する人だな」と感じた。いきなりキスしてきたりして軽そうだったし、蒼央が「恋じゃない」と言ったから躍起になっているだけですぐに飽きそうだと思った。

——そういう本能的なインプレッションって、大きく外れないのかもしれないな。

スマホの画面に映る真嗣は弾《はじ》けるような笑顔だ。本当にあなたが楽しいのはそこにいるような人たちとすごすことなんだろうな、と結論づけて、蒼央はスマホをしまった。

彼が言う「好き」に、振り回されたくない。

事実、彼にはクリスマスイブを一緒にすごしたい人が蒼央の他にいる。声をかけてもらうのをただ待っている蒼央より、彼だって「会いたい！」と求めてくれる人のところへ行くだろう。当然だ。

——……店に戻ろう。

唐突に思いつくことも、やりたいことも、趣味も仕事も、蒼央にはテーラリングしかない。

クローズしたあとの夜のショールームに流すＢＧＭに選んだのは、ジャズアレンジのクリスマスソングだ。

真嗣の三つボタンのスリーピーススーツは、雰囲気の柔らかな優男《やさおとこ》に似合いそうなチャコールグレーのバーズアイで仕立てる。

真嗣の普段の服装はビジネスカジュアルかリラックスカジュアルで、受ける仕事の内容的にもそういう路線が多いと話していた。だからこのスーツを着れば、がらりと雰囲気が変わるだろう。

彼のリクエストは『デート向きのもの』だ。スーツを着ることによって男らしさと強さを前面に出してアピールするのもいいけれど、一緒にいてほっとできるような空気感に満ちた、デート向きな一着にしたかった。

――吉成さんがこれを着て歩けば、道行く人がみんなちらちら振り返るよ、きっと。

そんな想像をして、蒼央はにんまりした。

人づきあいが派手な彼とは住む世界が違うと距離を感じて、さっきまでしゅんとした気持ちになっていたけれど、自分が仕立てたスーツで彼が男としてさらに輝くなら、それはうれしい。このスリーピーススーツを着た真嗣の姿をあれこれ妄想するのも楽しい。

真嗣が誰かとデートする場面はぜったいに想像したくないが、彼の言う「好き」に囚《とら》われるのをやめようと思ったあと、蒼央はもう自分と彼とのデートを妄想しなかった。その代わりに、カフェで新聞《フィガロ》を片手にエスプレッソを飲むとか、バーカウンターでブランデーベースのカクテルグラスを傾けるとか、蒼央にとっての萌えシチュエーションばかり並べる。

そのとき、作業台に置いていた蒼央のスマホが着信でブルルと震え、画面を覗いて息をのんだ。

「……！」

発信元は『吉成真嗣』だ。名前を見ただけで異様などきっとする。今まさに、彼のことを考えていたからなおさらだ。

スマホのディスプレイをただ見つめ、どうしよう、と惑う。今のこの複雑に絡んだ感情を彼には知られたくない。だってひどく恥ずかしい。

――でも、仕事の用件だったら。今日のフィッティングの件かもしれない……。

ビッグバンドジャズの音を絞って応答すると、ずいぶん陽気な声で『綿辺さーん』と真嗣の声が届いた。

『メリークリスマース！』

第一声で、仕事の用ではないと分かった。彼の声の背後に、薄くジングルベルが聞こえる。テンションが違いすぎて、蒼央は「……クリスマスはあしたです」と低い声で返し、小さくため息をついた。

自分の中の真嗣はついさっきまで、蒼央が仕立てたモテスーツをぱりっと着こなした最高にいい男だったのに、電話の向こうの現実の彼は、きっとでれでれとした酔っ払いなのだ。

『もしかして仕事してるっ？　イブなのに？』

みんなが大切な誰かとすごす日に仕事しかすることがないのか、とばかにされたような気がした。真嗣のスーツを縫っている間は心が凪《な》いでいたし、いくらか気持ちが浮上していたのに、再びそれを大きく凌駕《りょうが》するほどの虚脱感を覚えてうなだれる。

蒼央はすぐに処理できないやるせなさに、小さくため息をついた。彼はからかうつもりなんてないのだろうけど、蒼央の今の感情で、そういうふうに解釈してしまう。

これまでは外野の声にまったく気持ちを揺さぶられることなく、強がることもなく、「だって仕事がいちばん楽しいから」と蒼央はまっすぐに思っていた。でも今は、強がりですら言えない。

「……あなたのスーツの本縫いをしています。イブだろうと、盆だろうと正月だろうと、僕には年中行事なんて関係ありません」

声が刺々《とげとげ》しくなるのをとめられない。

こんな感情的な言い方をして、電話越しとはいえ相手に苛立《いらだ》ちが伝わらない訳がない。

真嗣が言葉に詰まるのが受話側からの気配で分かり、蒼央は、あぁ……やってしまった、と顔を深く俯けた。

『あー……えと、酔っ払って電話しました。お仕事の邪魔してごめんなさい』

「…………」

真嗣が謝る必要なんてないのに真摯に謝られて、どうしようもなく急に悲しくなってきた。そんなふうに言わせたのは自分だと、蒼央も分かっている。だから自分に腹が立つ。なんでこんな言い方しかできないんだろう。なんで僕はイブの夜にひとりで、あなたがどこかの誰かにモテるためのスーツをちくちくと手縫いしてるのか。だってこれが僕の仕事だから。お金をいただいてるから。『ヴェール・マラン』のタイユールだから。でもいちばんは、最高にかっこいい吉成さんを一日も早く見たいからだ。だけど今あなたは、たっぷりお酒を飲んで、友だちとはしゃぎ疲れて、休憩のついでにイブでも暇そうな僕に電話をしてきたんだ。ご陽気なあなたと僕はぜんぜん違って、あんな派手派手しいパーティーがきらいだし、仮装してはしゃいでる人たちと仲良くできる気もしない。見た目が好みすぎる人に「俺のこと好きだよね？」なんて言われて、キスされて、優しくされて、恋愛経験のない僕だから恋の暗示にかかったみたいなもので、きっと僕とあなたは、ほんのいっときすれ違うだけの関係なんですしまう。

——頭の中の嵐がやまないから、言葉はひとつとして出てこない。いつもこんなふうになってしまう。

蒼央が奥歯をただ噛んでじっとしていたとき、受話側から再び『綿辺さん』と呼ぶ声がした。

『……会いたいです。今から』

胸を潰されたんじゃないかと思うほどの衝撃がきて、蒼央は強く目を瞑る。

そんなことを言われるなんて露《つゆ》ほども思っていなかった。

「——……っ」

身の内がかあっと熱くなり、会いたいと彼に言われたうれしさで全身が歓喜している。誰にでもそう言ってるんだ、彼だってたくさんの人にそう言われてるんだ、と思う一方で、僕にだけは他の人とは違う、もっと特別で深くて甘い意味を込めてほしいと思っている。

「会いたい」と言われて、本当は泣きそうなほどうれしいのに、ぜんぜん喜べない。彼の気持ちがどれほどのものか、ばかり考えてしまう。それを知れば傷つくかもしれない。想像しただけで壊れそうなのに、知ったらいったいどうなってしまうのか。

顔を上げると、遠くのウォールミラーに、作業台の前にぽつんと座る自分が映っていた。

——今の僕は最悪です。こんなひどい気分のとき、ひどい顔をした僕を見られたくない。

「……僕は、会いたくありません」

いっぱい考えて、蒼央の口からやっと出てきた言葉がそれだった。

真嗣に「会いたくない」と言ってしまったあと、針を刺す指は完全にとまった。

いつの間にかクリスマスソングが消えたショールームはしんとしている。

茫然としたままどれくらいか時間が過ぎて、終電も逃してしまい、蒼央は照明をすべて落と

して二階のアトリエへ上がった。

そこのソファーに、俵《たわら》のように転がってひとり眠る。しかしいくら待っても、頭の中は横殴りの嵐みたいでちっとも眠くならない。何度寝返りを打っても、また悶《もだ》えたくなる。

『会いたい』と言ってくれた真嗣に向かって、ひどい捨て台詞《ゼリフ》で電話を切った。蒼央の心の中は今、消しようのない罪悪感でいっぱいだ。

本当はあの瞬間、うれしかった。喜びで胸が拉《ひしゃ》げたかと思うくらいにきゅんとした。

——分かってる。こんなの、たんなる恋の暗示なんかじゃないよ。僕は、会いたかったんだ。だって、ずっと会いたかったんだ。

恋人がいないクリスマスイブなんて、今まで気にしたこともなかったのに。でも、嫉妬にまみれて、置いてけぼりなかんじがさみしくて、そんな感情もあらわな醜《みにく》い顔を真嗣には見られたくないというのも本心だった。

——今の僕を見たら、きっと彼はタイユールの僕のことですら幻滅する。きらいになってほしくない。なのに、きらわれてもしょうがないことをしてしまった。

——タイユールとしても最低最悪だ……。

自分がタイユールだという意識を、完全になくしていた。『はじめてのオーダースーツ』の企画は途中だし、企画が終わっても仕事のためにいい関係を続けるべき相手だと分かっているのに、その瞬間の感情で動くなんてプロとして情けないことこの上ない。

悶々と反省しているうちに何度もうとうとして、朝方にようやく眠った。

三時間ほど経って目が覚めると七時を過ぎたあたりで、蒼央はアトリエから一階へ下りた。

冬の朝のショールームは空気が冷たく、頭がすっと冴える心地がする。

昨晩、作業を中断した真嗣のオーダースーツを、蒼央は手に取った。

彼の言う『好き』がどの程度だとか、自分は彼の仕事仲間や友人知人その他大勢の中のひとりなんだろうなとか、そんなもやもやはこの際いったん脇に置く。

彼のためにぜったいに最高のスーツを仕立てたい。その思いだけは純真で、蒼央の身体の真ん中にあって揺らぎがない。

気持ちを整理したいから、まず目に入る環境を整えよう、としゃかりきに掃除に励《はげ》んだ。

作業台下にも潜《もぐ》り込《こ》み、残したままだった生地の切れ端や糸くずを集め、細かいところまで丁寧に磨《みが》き、塵《ちり》ひとつ見当たらないほど綺麗に掃除機をかける。

作業台の位置からすがすがしいショールームを見渡すとずいぶんすっきりとした気分になり、抽斗《ひきだし》の中を整頓《せいとん》して終わるべくそこを開けた。生地用文鎮《ぶんちん》のクロスウェイト、スーツブラシ、フレンチカーブ定規、それらをひとつひとつ丁寧に拭《ふ》き上《あ》げて、トレーに並べていく。そして最後に裁ち鋏を手に取った。

手のひらの鈍色《にびいろ》の鋏は、ずしりと重い。

ぎゅっと握れば、それまで目を背けていた真嗣への気持ちがくっきりと頭に浮かんだ。

『余裕がなくなると、いろんな大切なことを忘れそうになるんだよな』

あのとき、たしかに真嗣の本当の人となりが見えたし、感じられたと思った。それなのに、昨夜の蒼央は彼の表面だけ見て、顔を背けてばかりで、目線は落ちっぱなし、大切なことが何かを考えようとしていなかった。

『人生で本当に長く大切にしたいものは、そんなに多くない』と真嗣が言っていた。彼は多くの人に囲まれて華やかだけど、そんな彼がいつか、人生でたったひとりを本気で愛するなら。

――……他の誰でもなくて、それは僕にしてくれないかな。

彼の気持ちがどうなのかではなく、自分がどうしたいか問いかけて出た答えに、蒼央はそっと深呼吸して、落ちっぱなしの目線を上げた。

6

クリスマスイブの夜は、片想いだって分かっていても好きな人に会いたくなる。

会いたくて電話をして、蒼央《あお》からの「会いたくありません」は、あまりにも強烈だった。あのあとなんと言って通話を終えたのか、真嗣《まつぐ》はよく思い出せない。

仕事の邪魔をした上に、冗談とはいえ「イブなのに仕事」なんて言い方をして、シャッターどころか、シェルターか要塞《ようさい》に搭載されているような厚さ二百ミリレベルの堅牢《けんろう》な扉でズドーンと間口《まぐち》を塞《ふさ》がれてしまった。

今から店に行って直接謝ったほうが、とも考えたが、酔っ払いが何をしてもマイナスにしかならない。クリスマスパーティーという名の仕事なので、途中で帰るわけにもいかず、なんとか失礼にならない時間までとどまってから真嗣は帰宅した。

自業自得だが、クリスマスイブの華やかなパーティーから一転。自宅のベッドでぽつんと猛省する。

『タイユール・ヴェール・マラン』のアトリエに泊まって以降は、真嗣も年末進行の波に呑まれて仕事が忙しく、蒼央と会えたのはほんの数回、いずれも短時間だ。今日のフィッティングは本当に仕事のみで、差し入れをした際の五分程度のほうがよっぽど彼のはにかみが滲《にじ》んだ素の表情が見られたから、一時間の滞在でもむしろ会ったうちに入らない。

蒼央からは顔が好みなだけとはっきり言われているけれど、押せば行けそう、という最初の直感はその後も真嗣の中にまだ残っていた。

――会いに行ったら、ぱあってうれしそうな顔するしさ。えっ、もう帰るんですかって顔するしさ。

蒼央に会ったときはいつも「やっぱ俺のこと好きですよね？」と、店に戻って問い質《ただ》したい気分だったのだ。

――電話はなぁ……。あの人、とにかくずーっと仕事してるから、邪魔しちゃうかもって思うし、沈黙しがちで相手の状況が見えないのは不安でしかないし。

蒼央が言葉に詰まってうまく話せなくても、傍にいれば声をかけることができる。そんな蒼央のゆっくりとした反応を待つことなど、まったく苦じゃない。むしろ表情の変化をじっくり見られるからうれしい。

――そう思ってたけど、酔ってたから今日は電話しちゃった……。パーティーのあとに会えないかなって思ったら、どうしてもがまんできなくて。

実際、相手が仕事中という最悪のタイミングだったたし、調子にのって俺はなんて最低な言い方をしたんだ、とまた同じ反省がぐるぐる巡る。

「……あした綿辺《わたべ》さんにちゃんと謝ろう」

そう心に決め、眠る前、真嗣は天の神様に「あの人の扉を開けてください！」とお願いした。

謝罪時に酒臭《くさ》いなんて言語道断。真嗣は昨晩『ニオイのもとから息を爽やかにリフレッシュするカプセル』を『とくに気になるとき』の分量で飲んでおいた。

「追いミントカプセル飲んどこう。もはや体臭がミントくらいじゃないと」

時刻は十四時。アルコールが完全に抜ける午後まで待った。猛省の次は心からの謝罪だ。

蒼央はクリスマスで休店日の今日も『タイユール・ヴェール・マラン』にいそうな気がする。

当然、仕事をしているはずで、そこに自分の勝手でいきなり訪ねて行くのもどうなのだろう、となかなか踏ん切りがつかない。彼からの「会いたくない」が相当効いている。

――夜まで待つべき？　とりあえず電話してみる？

どうするか決めかねて真嗣が部屋の中をうろうろしていたとき、スマホの着信音が鳴った。

「――わ……！」

発信者は『綿辺蒼央』だ。とにかくずっと蒼央のことを考えていたから、幻でも見ているような気持ちになる。

鳴り続ける着信音にはっとしてスマホに飛びつき、真嗣は「はいっ！」と応答した。

『――あ、あのっ、綿辺ですが、吉成《よしなり》さん、すみません……道に迷って……』

真嗣は、これはいったいなんの電話だろうか、と困惑しながら「道？」と問い返す。

『あの……吉成さんのマンションって煉瓦色《れんがいろ》でしたよね？　中目黒《なかめぐろ》の駅で降りて、南改札出て東横線《とうよこせん》の沿線を歩いて……』

「えっ？　ちょ、ちょ、ちょっと待って？　綿辺さん、うちに来ようとしてるっ？」

ばくばくばくと心臓が激しく動いて手の力が抜けそうになり、真嗣はスマホを両手で摑んだ。

『……あ、あぁっ、急に行ったらご迷惑ですよね！　クリスマスに、どなたかいらっしゃるかもしれないのに、すみません、僕また今度……』

「だーっ！　違う！　またそうやってひとりで勝手に完結する！　いっぺんに喋って一方的に切ろうとしないで！」

真嗣はだだだと玄関に向かい、コーディネートなんて無視したスリッポンをつま先にひっかけ、コートもはおらずに真冬の戸外に飛び出した。

蒼央の行動はいつも突然で読めない。ものすごい勢いで閉められたと思ったシャッターが、振り向いたら全開になっている。まったく予測不能で、唐突な上に、蒼央はああ見えてそそっかしいというか、仕事以外のことはけっこう粗雑だ。

「綿辺さん……お願いだから電話、切らないで。動かないでそこにいて。俺が迎えに行くから」

煉瓦色のマンションなんてくさるほどあるし、中目黒は右に左にと道が交差している。適当なものを目印にしてうろうろ歩かれて、すれ違ったら厄介だ。

「綿辺さん、とりあえず周りの、目印になりそうなものを撮って送信して」

だってこっちは、一メートル分だって早く彼に会いたいのだから。


迷子の蒼央に会った途端、なぜか彼からふわんといい香りがした。

——おい……。きっちりスーツ着込んでて、お風呂上がりのいいにおいってどういうことだよ。逆にやらしいから！

場違いにいきなり性本能をくすぐられて真嗣は困惑し、口内に溜まった唾液《だえき》を嚥下《えんげ》した。

「すみません……大人なのに、道に迷うとか……恥ずかしいです。中目黒って吉成さんのところに泊めていただいたあの一回しか来たことなくて……」

蒼央は申し訳なさそうに視線を落としたままで、なかなか目を合わせてくれない。

仕事で住所をお伺いしてたけど店のパソコンにだけ保存してて、一度通った道だからどうにかなるだろうという勢いだけで中目黒駅で下りました、とか迷子の経緯《けいい》を説明されているが、正直そこはもうどうでもいい。

「綿辺さん、俺、そういうのちっとも迷惑とか思ってないよ」

「……あ、……はい」

「ただアウター着てくるの忘れて寒いから、とっとと俺んちに連れてく」

四の五の言われないうちに、腕を摑んで引っ張った。もうぜったいこの手を放すもんか、と思う。曲がり角で真嗣が「こっち」とさらに蒼央の腕を取って引き寄せ、半分抱えたような格好になった。端から見ればちょっとした拉致《らち》だ。

「よ、吉成さん」

「まったく、手のかかる」

「え、えっ？」

よく道も分からないのに、蒼央から会いに来てくれた。きのうの夜は「会いたくない」と言ったくせに。今日は来訪のお伺いの電話をするより先に電車に飛び乗って、それでけっきょく道に迷って電話をしてきたわけだ。

「こんなのもう、かわいくてしかたねーっつーの！」

やっぱり俺のこと好きだよね？　がもう、喉まで出かかったけれど、どうにかこらえた。好きだよね、と訊けば彼は今日、うなずいてくれる気がする。

でも、好きだから、蒼央にちゃんと「好き」と言われたい。彼の心の奥から紡《つむ》がれる言葉を聞きたいのだ。

真嗣のマンションに着いて、玄関ドアを閉めた瞬間ふたり同時に「ごめんなさい！」と謝った。まだ靴も脱いでいない、三和土《たたき》の上で。

「待って、俺に先に謝らせて」

「僕が先にっ」

「順番からいったら俺なの。俺も今日、綿辺さんのところへ謝りに行くつもりでした。俺が昨晩酔っ払い電話して、あなたに無神経な言い方したから。イブに仕事してるあなたをばかにしたつもりは決してなかったんだけど、調子にのってました。本当にごめんなさい」

「わ……かってます……吉成さんは冗談っぽく言っただけで、普通の友だち同士なら、笑って、冗談で返す程度のものだったってこと。でも、僕、そもそも冗談で応戦するような会話スキルないし……それどころか、とてもいやみな言い方をして……そのあげくに『会いたくありません』なんて」

それまで落ちたままだった視線を蒼央が突然上げた。

「きのうは……嫉妬のあまり、僕は自分がタイユールだってことを一瞬忘れたんです」

「……嫉妬？」

「きのうの、吉成さんのインスタを見ました」

嫉妬心を煽《あお》ったのがSNSの写真だということのようだが、いまいち腑《ふ》に落ちない。

「きのうのって、クリパの写真だよね？　え、あれ、そんな写真だった？」

なんということはない「ウェーイ」なパリピ写真しかアップしていないはずだ。

「昨晩の分だけじゃなくて、見てたのはもっと前からですけど……。女の人とほっぺくっつけてるのとか、その人も昨晩ご一緒だったようですし、他にもいろいろ。僕といるよりそういう人たちといるほうが楽しいんでしょって、子どもじみた感情でいっぱいになって……！」

途中から超早口だ。恥ずかしさでいたたまれないのか、蒼央は再び視線を逸らしている。

「スーツを仕立てることが僕のしあわせだったのに、きのうはみんな『イブだ。早く帰ろう』って楽しそうで、なのに僕はひとりなんだって、さみしかったんです。拗《す》ねたんです。自分がタイユールなのも忘れて、です。本当に最低でした。こんなの……大人なのに、すごくみっともないですよね」

「いや……大人だろうと子どもだろうと、嫉妬もするし、さみしがったり拗ねたりもするよ」

すると蒼央は眸を揺らしている。それは間違っていないのかと問うている。

間違ってる、と言う人もいるだろう。男ならとか、大人になったらだめとか、そんな他人の価値観や評価の枠《わく》に、どんなときも縛《しば》られなきゃいけないことはないと真嗣は思う。

「お互いそれを許せる相手だったら、見せてもいいんじゃないかな」

蒼央の心を縛《ばく》するそんな呪詛を、俺が優しくほどいてやりたいな、と思うだけだ。

「俺はめちゃめちゃかわいいこと言われてんなーとしか思わない」

みっともなくなるほど、心がぐちゃぐちゃになるほど会いたかった、と熱烈に訴えられているようなものなのに、それをたぶん本人は分かっていない。

どうしよう。困った。これはかわいいのかたまりだ。

腹の底からいとしさがこみ上げる。今すぐ彼がぺちゃんこになるくらいに強く抱きしめて

「ほら、やっぱり俺のこと好きだよね？」と問いたくてたまらない。

「綿辺さん。とにかくいったん上がって、座りましょうか」

迷子の蒼央を捕獲《ほかく》したときに、もうぜったいに放すもんかと固く決意をしたので、興奮しすぎて、このときまで彼の身体を半分抱えたような格好のままだった。

するとここへきてまた予想外のことが起こった。

部屋へ上がるためにひとまず離れようとしたら、蒼央が真嗣の背中に腕を回してきたのだ。

驚く間もなく蒼央にぎゅっとしがみつかれて、それまでけっこう無理な体勢だったから、動いた拍子に倒れそうになってそうしたのかと思った。

「……綿辺さん？」

問いかけると、ますます蒼央がぎゅぎゅーっとしてくる。

「……僕のこと……まだ、好きですか」

真嗣が蒼央に訊きたかったことを先に訊かれてしまった。まさか答えさせられることになるとは、これも想定外だ。

蒼央は真嗣の首元に顔を押しつけるようにして埋めている。

真嗣は全身がうれしさでいっぱいになりながら、ついに蒼央を強く抱きしめた。

「好きだよ」

腕の中のいとしいものに、もっと愛を伝えたい。蒼央の顔を覗こうとするけれど、とにかくべったりと剝《は》がれないから、真嗣はあやすような声色で「綿辺さん」と呼んだ。

「たぶん……あなたが想像してるよりずっと、俺は綿辺さんのことが好きだと思うな」

まだ好きか、なんて問うくらいだ。真嗣が言った「好き」そのものを疑っていたに違いない。

「きのう、僕はもうきらわれたと思ったんです」

あなたにきらわれたくなくて必死なんです、と言われているみたいだ。

「僕は、あのインスタに写ってたみなさんのように、吉成さんを愉《たの》しませたり、喜ばせたりはできない。スーツバカで、スーツのことしか知らなくて、あなたはきっと退屈するんです」

どうしてこの人はスーツ以外のことになると、こんなに自信がないのだろうか。

「そこが綿辺さんの魅力なのに。タイユールになるために、フランスで経験したくやしかったこととか、うれしかったこととか、俺がまだ聞いてないことだってもっと話してよ。スーツのこと以外で俺を愉しませろなんて思ってない。そういうのは、俺が知ってることなら俺がおしえるし、新しいことふたりで見つければいいじゃん」

覗き込むと、蒼央は茫然としている。伝わったのか、伝わっていないのか分からない。でもとにかく今はぜんぶ言葉にしないと伝わらない。

「俺の目の前にいるあなたのことが好きなんだから、変わんないでください。俺言ったよね。綿辺さんが一日に考える十個のうち、俺のことは一個でいいって。綿辺さんが俺のことを想ってくれる時間があるなら、それで充分だよ」

まったく愛されなくてもいいなんて、さすがに強がりでも言えないが。

するとと、ややあって蒼央が何か言いたげに口を開きかけた。だからゆっくり待つ。

「吉成さんに『俺のこと好きだよね？』って訊かれてから、僕は何かあるたびにあなたのことを考えてて、どんどんそんな気持ちになってってくのは、そう訊かれたせいだ、顔も身体も好みの人だしって最初は思ってました。でも……吉成さんのお友だちや、お仕事相手だけじゃなく、うちのスタッフにまで見境なく嫉妬したりして……」

「綿辺さんとこのスタッフ？　って、誰よ。えっ、安藤さんとか？」

「はい……勝手に、妄想したこともありました。吉成さんは僕のことも気にかけてくださるし、うちのスタッフのみんなにも優しい……」

「あのねぇ、ロケバス下りてまで差し入れ持って行ったなんて知らないでしょうけど、あれ、あなたに会いたいからだし、だからって差し入れを綿辺さんにだけあげるわけにいかないでしょ？　俺は綿辺さんと出会ってからは、綿辺さんのことしか頭にないよ」

こんなあとから思い出したら赤面するほど歯の浮くような台詞だって、言ったことがない。

「……だからあの、十個のうち一個じゃなくて三個分くらいは、吉成さんのことを考えてたと思います」

「……なんっ……だよ、そのうれしい訂正っ！」

一生懸命伝えようとしてくる蒼央の言葉に撃たれて、きゅん死するかと思った。

たまらずに真嗣は蒼央の蟀谷《こめかみ》にキスをした。すると、驚いたように蒼央が顔を上げる。

「俺ね、綿辺さんに夢中なの。なんかもうほんとに困るくらい。あなたの予測不能の言動から何から目が離せないし、それで何回も惚れてるから。俺、こんなに人を好きになったことない」

惜しみなく言葉にすると、蒼央はじっと真嗣を見つめて眸を潤ませている。

このままくちづけてもいいけれど、やっぱりその前に、蒼央の愛の言葉がほしい。

「俺からのキスに頼んないで。ちゃんと、綿辺さんの気持ちをください」

キスする以外にない距離でとどまって求める。蒼央は少し戸惑って、心を決めたというようにしっかりと視線を合わせてくれた。

「……吉成さん、……ぜんぶ好きです」

蒼央の言葉選びや言い方ひとつとっても、かわいくて、いとしい。真嗣はうれしさが満ち溢《あふ》れて「ふふっ」と笑った。顔と身体以外も、彼の好みでありたかった。

抱きとめていた腕をもっと深く蒼央の身体に絡め、強く引き寄せてキスをする。

「……ん……」

真嗣の背中に添うだけだった蒼央の手のひらに力がこもるのが伝わり、やっと想いが結ばれて、しっかりとつながったのだと分かった。全身が歓喜し、真嗣の中で熱い感情が弾ける。

好きすぎて苦しい、なんてはじめてだ。もうめちゃめちゃにかわいがりたい。

重ねていただけのくちびるをほどくと、蒼央はうるりと濡れた目をしている。

「でも、綿辺さん。まだ、ぜんぶじゃないと思うよ」

「……え？」

「ちょっと前までは、添い寝でも満足してたんだけどね。お互いに好きって認めあったから、もうたりない。俺の言う『好き』には、綿辺さんとえっちしたいなっていうのも含まれてます」

抱きしめていた手を性的に動かすと、腕の中で蒼央の体軀《たいく》がびくっと跳ねる。一気に緊張した身体にわざと煽るようにふれて、臀部《でんぶ》をゆるく揉《も》んだ。

「吉なっ……りさんっ、あのっ、僕、こ、こういうっ……したことないからっ」

「だから？」

べつに驚かない。スーツバカを自称する蒼央は、恋愛経験がないと言っていたのだ。性経験だけ豊富なんて言われたほうが「まじか（それはそれで楽しそうだけど）」となる。

「……僕、どうしたらいいか」

「どうにかしろなんて言ってないよ。俺にさわられるのは気持ちいい？」

髪に、耳に、ひたいに、とキスをしながら、畳《たた》みかけるように手のひらでうなじや首筋をなでて、男の劣情を煽る。「いやじゃない？」と問うと、蒼央は息も絶え絶えだ。

「……やじゃない……です」

「今までだぜんぶじゃない。俺がどれくらい綿辺さんのこと好きか、ちゃんと分かってよ」

ほほからくちびるを滑らせて、蒼央の口を塞いだ。今度は遠慮なく最初からくちづけを深くする。

蒼央の歯列に強引に割り込んで、粘膜《ねんまく》にぞろりと舌を這《は》わせた。蒼央はきっとこんなキスがはじめてだから、どう応《こた》えたらいいのかも分からずにいる。

くちびるの内側を舐《な》めて柔らかな上唇をゆるく食《は》むと、蒼央が小さく鼻を鳴らし、背筋を震わせて感じているのが手のひらからも伝わった。

彼の半開きのくちびるに人差し指の先でふれ、「ここ、開けてほしいな」と優しい声でおねだりのふりをした命令をする。蒼央は最初戸惑ったものの、真嗣の指先をそっと口に含んでくれた。あたたかく濡れた口内の粘膜を指に感じると、真嗣も気分が昂《たかぶ》ってくる。

「舐めてみて」

真嗣の指におそるおそる蒼央の舌がふれる。はじめて餌《え》づけされる臆病《おくびょう》な野鳥みたいに、とても用心深い。指で蒼央の舌をこすり、舌下《ぜっか》や口蓋《こうがい》を指先でくすぐって、こうするのが気持ちいいと教えた場所を今度は直接舌で嬲《なぶ》った。はじめて知る性感に、蒼央が喉の奥で声を漏らしている。仕掛けた真嗣のほうも、壁に寄りかからないと足もとがあやうい。

ひとしきりくちづけたあと、蒼央のとろんとした顔を覗き込んだ。

「今日の残りの時間は、ぜんぶ俺に使ってもらってもいいですか？」

支えてもらっていないとまともに立てなくなった蒼央が、首元で「はい」とうなずいた。

7

からだのあちこちからいいにおいがする、と真嗣《まつぐ》に言われて、「ここへ来る前にお風呂に入ったので」と答えてから、はっとした。なんだか『最初からそのつもりではりきって来た』みたいで恥ずかしい。

「きのう、あのままアトリエに泊まったんです。だから」

まだ太陽がある時刻で、遮光《しゃこう》カーテンを閉めたところで部屋の中はそこそこ明るいから、ぜんぶ見られているという照れくささもある。

彼に身体のあちこちのにおいを嗅《か》がれるのも、くまなくキスをされるのも恥ずかしい。そうされると少しずつ薄皮を剝がされていくみたいに、肌が敏感に彼の熱や呼吸を感じてぴりぴりと、びくびくとしてしまう。真嗣の手とくちびるが同じところで動いたり、急に思いがけないところでばらばらにふれたりして、蒼央《あお》は息も絶え絶えになりながらもがいたり跳ねたりした。

「綿辺《わたべ》さんて……どこもかしこも性感帯？」

「しっ、知らないっ……！」

もう助けてください！　という気分なのに、真嗣に必ず身体のどこかをがっしり捕まえられている。快感で脱力し、今は脚の上に彼の体重がかかっていて本当に動けない。

「肘も、二の腕の内側も、肩も……腰とか、感じすぎ。やばいね」

バックを取られてベッドに這いつくばり、枕にぎゅっとしがみつく。

「おしり、きれい、かわいい」

「そんなのっ……ううっ……」

男の尻を褒める、というのも衝撃だ。さらに真嗣はそこに顔を寄せたり、キスしたり、舐めたりなんて、蒼央の思いも寄らないことばかりする。吃驚《きっきょう》と焦燥しかないけれど、真嗣に愛撫《あいぶ》されるところはどこもけっきょく気持ちよくて、蒼央も本気で逃げたいとは思わない。

今度は臀部の割れ目を舐められた。ぞわぞわっと背筋が痺れて、蒼央は困惑とともに、唯一頼れる枕を再び力いっぱい抱きしめた。

「……っ、やだ……ほんとにみんな、セックスでこういうことするの？」

「他人のなんか知らないよ。俺は綿辺さんのぜんぶをさわりたいし舐めたいの」

そんなふうに言われたら、恥ずかしさよりうれしい気持ちが上回る。

身体をひっくり返され、蒼央は枕を抱いたまま仰向《あおむ》けになった。真嗣はなんのためらいもなく蒼央のペニスにくちづけて、先っぽに浮いた蜜《みつ》をおいしそうにぺろりと舐める。先にお尻をさんざん舐められまくったせいか、これにはもう驚かなかった。

「はぁ……んんっ……」

剝《む》きだしの粘膜である亀頭《きとう》部分だけ口に含まれ、くちゅくちゅと音を立てて嬲られる。

驚かなくても、されていることに恥ずかしさはあって、蒼央は枕で口元を隠した。これが世にいうフェラチオだというのは分かる。はじめての快感が強烈で、声が出てしまうのをとめられない。ときどきは自慰《じい》だってするが、その性感とは比べものにならない。

真嗣に深く咥《くわ》えられ、ピストンの動きが加わるとさらに快感が積み重なり、増幅《ぞうふく》される。頭が「気持ちいい」でいっぱいになって、蒼央は浅い呼吸で空気を取り込むのに必死になった。

「やっ……あぁっ……よしっ、なりさっ……」

快楽と呼吸に意識を奪われ、うねるような快感に唆《そそのか》されて腰が勝手に揺れてしまう。

「イって」

じゅばじゅばと唾液と先走りの混ざり合う卑猥《ひわい》な音が部屋中に響いているのを意識して間もなく、蒼央は真嗣の口内で達した。

「はぁっ……はぁ……、はぁ……」

人前ではじめて射精した。それが真嗣の口の中だなんて、なんだか信じられない。

達したあと特有の倦怠感《けんたいかん》の中、出会った頃はこんなことをする関係になれるとは思ってなかったなぁ……とぼんやりした頭で考える。

真嗣はなんてことなさそうな顔で口の中のそれを処理して、動けずにいた蒼央の横に戻ってきた。横になったまま向き合うかたちになるとき、抱えていた枕を今度は頭の下に敷いて、ちゃんと普通の枕としてふたりで仲良く使う。

「綿辺さん、俺はあなたとセックスがしたいんだけど、今日はこのままごろごろしてもいいし、も一回、口でしてあげてもいいよ。綿辺さんはどうしたい？」

「……せ、せっくすって、あの……お尻に……？」

「はい」

男同士がどうやってするのか、なんとなくは知っている。でも今日は「吉成さんに謝らなきゃ」ということしか考えていなかったから、予備知識も何も頭に入れていない。痛そうだなとか、未知の行為に対する恐怖心もある。

「焦らなくていいから。挿《い》れるのだって時間かけなきゃ、簡単には入らないし」

「時間、かかるんですか？」

「そりゃあいきなりずっぽりってわけには。綿辺さんのこと大事に想ってるし、とろとろに気持ちよくしてあげたい。心がつながったから、身体でも実感したいなとも思います」

真嗣は「待ってもいい」と言ってくれるけど、お互いに仕事が忙しく、次にいつ、ゆっくりと時間が取れるか分からないのだ。「はじめてのえっちはいつかしら」なんて心おだやかにその日までをすごせる気がしない。

「……今日は時間がたくさんあります……だからいっそひと思いに！」

「綿辺さん、切腹じゃないんだから」

「今日、休みだし、まだ十五時過ぎで、クリスマスですし」

「……クリスマス」

「あ……関係なかったでしょうか……」

ついに真嗣がふきだした。「もう、かわいいなぁ」なんて笑いながら抱きしめられて、いっぱい顔中にキスされて、からかわれているのかなんなのか分からないけど。

「僕も、できる方法ぜんぶで、吉成さんと想いあってるって感じたいんです。僕を大事に想ってるって、気持ちよくしてあげたいって、吉成さんのその言葉を信じてます」

最悪のクリスマスイブにしてしまったから、最高にしあわせなクリスマスで上書きしたい。

どしゃぶりみたいなキスの雨を降らせた真嗣が、最後にひたいをくっつけてまぶたを閉じた。

「……もう……俺、すっげぇしあわせなんだけど」

「そう言っていただけて、僕もしあわせです」

ふたりで抱きあって、もう一度、想いを交わす甘いくちづけからやり直し。

それから真嗣がずいぶん時間をかけて、つながるところを指でほぐしてくれた。

覚悟を決めたことに対して、真嗣は「本当にいいの？」とか行為を中断するような問いは一度も投げかけてこない。その代わりたくさんキスをくれて、髪をなでて、ただ甘やかされる。

指の束《たば》がかなり深いところまで届くようになった頃、こすられるたびに腰がじいんと痺れるような淡い快感を覚えて、蒼央は声が出そうな手前でくちびるをきつく結んだ。

「よくなってきた、みたい……？」

蒼央の表情を見ている真嗣には、通じてしまうらしい。

指の当たり具合を少し強くされた途端、そこからはっきりとした性感が湧き、つま先までできつくこわばった。

「ここね、前立腺てとこ」

「あっ……あっ、……んっ」

奥歯に力が入らない。口を閉じられないで、一度声がこぼれてしまうと、もういいや、という気分になった。

様子を窺いながら、さらに速く、強くされる。甘い疼《うず》きをもたらすことを教えられた胡桃《くるみ》をくすぐられたら、急に水が溢れ出すみたいに、そこから生まれる快感がとまらない。ピストンされるごとに、性感がもっと深くなってくる。

中に注いだローションの音がぐしゅっと響くくらいそこを揉まれ、蒼央は何かにすがりたくなって手を伸ばした。

「綿辺さん、俺に摑まって」

「……んっ……」

「ゴムつけるからちょっと待ってね」

他人の性器のかたちや大きさなんて気にすることもなく生きてきたけど、「挿れるよ」と窄《すぼ》まりに宛《あて》がわれたものは蒼央自身のものよりエラが大きく張っていて、硬くて、凶暴に見える。

いくら慣らされたとはいえ怖い。怖いけどどういうふうにされるのかは知りたい。

今まさにつながろうと、真嗣が自分を組み敷き――そういえばはじめての行為に余裕がなさすぎて、真嗣の裸をちゃんと見ていなかったことに、蒼央は唐突に気付いた。

胸のかたち、そこから肩にかけてと、腕の筋肉もうっとりするほど美しい。艶《つや》と張りがあり、腰回りは色気が滲んでいる。背中から腰にかけてのカーブが、今は蒼央の側からは見えないのが残念だ。

「……かっこいい」

「えっ？」

「……吉成さん、かっこいいな……身体も……顔も、すごい、好き」

ぽーっとなりながら真嗣の顔を見上げて、独《ひと》り言《ごと》みたいにつぶやいた。すると真嗣は困ったというように顔を顰める。

「もう……このタイミングでそういうこと言う？」

真嗣に見とれているうちに、後孔《こうこう》にぬぷりと彼の尖端《せんたん》が潜《もぐ》り込《こ》む。

「……あっ……あぁ……！」

「俺だって、理性ぎりぎりのところなんだからね」

ぬぷっ、ぬぷっ、と腰の重みを使い、その尖端だけを何度も出し入れされて、蒼央は短く呼気を弾ませた。

「この、ふちのとこ……どうかな。ここだと、痛いより、気持ちいい？」

「はぁっ、あっ、あぁ……んっ……気持ち、い、かもっ……」

襞《ひだ》をこすり、ふちを捲りながら出て行くときも、エラの部分が入る瞬間もきゅんとする。

「ふちのとこで回すのは？」

「……！　ああっ……あぁっ……そ、それっ……」

搔き回される気持ちよさに、口が開きっぱなしだ。

「うん……俺もこれ気持ちいい……」

自分がいいばかりじゃなくて、彼も気持ちいいんだ、とそう言われてやっと気付いた。

真嗣のペニスで、蒼央のまだ硬さの残るところをこねながら拡《ひろ》げられていく。

「少し深くするよ。だいじょうぶ、綿辺さんが気持ちいいところまでしか挿れないから」

両膝裏に手をさし込まれ、思いきり割り広げられた。尻の下に枕を噛まされたせいで、硬茎で後孔を犯されている様が真嗣から丸見えになっているはずだ。そこに上から突き込まれれば、蒼央も声がとまらない。

「……あぁー……やばいな……中、めっちゃ気持ちいい」

「吉成さっ……」

軽く腰を送られるたびに、ぐちゃぐちゃと自分の内壁が真嗣のものに絡みつく音が響く。まるで、もっともっと、と欲しがっているみたいだ。

「綿辺さん、けっこう……すごいことになってるよ。こすれてるとこ泡立って、とろとろだ」

「あっ、はぁっ……、吉成さんっ……」

「もうちょっとだけ奥まで入っても平気？」

優しい声でお伺いを立てられて、蒼央はこくっとうなずいた。なんだかもっと奥のほうがじんじんするのだ。怖さより期待が勝ってそこをこすってほしい気持ちがあっても、言えずにいた。

また少し深くされる。まだ誰もふれたことのない場所を、真嗣だけが曝《あば》くことができるし、そうされることを蒼央も望んでいる。

――怖いより、うれしい。

ゆるやかに、でも煽るような腰遣いで、さっきよりずっと深いところまでをこすられる。

「はぁっ、あぁっ、ん……、あ、こ、これっ……いちばん奥……？」

「まだもう少し先まであるけど……そこはもっと、えっちに慣れてからね」

恋人同士になったから、これからは吉成さんとこういうことを何度もするんだ……なんて蒼央は考えた。

粘膜同士がこすれあうスピードが上がる。接合しているところぜんぶが熱く、身体の奥がじくじくとして、蒼央はたまらず腰を浮かせた。一度そうやって自ら動くと、真嗣の腰遣いに合わせて勝手に腰が揺れてしまう。ふたりの波形が合うとより強い性感が生まれることを覚え、

巻頭カラー
志水ゆき♥
［花鳥風月］
口唇を重ねた
吉利谷《きりや》と財前《ざいぜん》は……!!
カラーつき最終回♥
どうやったら本物の恋人になれる……!?
雨隠ギド
Gido Amagakure
［僕の完璧な恋人］
カラーつき読み切りシリーズ♥
藤男《ふじお》とエッチはした美春《みはる》だけど……!?
akabeko
［春うらら好色男の宿］
相馬《そうま》は周《あまね》の本当のキモチに気づけるのか!?
Keiko Kinoshita
カラーつき最終回♥
木下けい子
［東オトコ京オトコ］
2019
Dear+ ディアプラス 10
恋愛至上主義★ボーイズラブマガジン!!
9.14[Sat.] on sale
毎月14日発売／予価：本体650円+税
表紙イラスト：須坂紫那
※予告は一部変更になることがあります。
会川フゥ／阿部あかね／金井 桂／左京亜也
佐倉ひつじ×鳥谷しず／須坂紫那／立野真琴
夏目イサク／待緒イサミ／松本 花／間宮法子
三池ろむこ×砂原糖子／南月ゆう ユキムラ
リレーエッセイ 「モエパラ☆」山田ハピコ
希望者はもれなくもらえる♥全プレペーパー
DEAR+ Paper Collection 阿部あかね

アニメイト×コミコミスタジオ共同企画

Dear+ × Gratte & Rose Gatto SUMMER FAIR 開催中！

❶アニメイトの《グラッテ》 ❷コミコミスタジオの新BL グッズブランド《ローズガット》と、
ディアプラス」ファミリー（＝ディアプラス・シェリプラス・小説ディアプラス作品）のWコラボ企画♪
参加タイトル総勢20作品の豪華ラインナップで、描き下ろしイラストも多数！

【開催期間】
8.1(木)~9.16(月・祝)

【開催店舗】
アニメイトカフェグラッテ吉祥寺・岡山
大阪日本橋／コミコミスタジオ町田

ラッテ、グッズ販売の他に、サイン入りアクリルコースタープレゼントキャンペーンも実施！

細はこちらの
イト・Twitterを
覧ください。

【Dear+】https://www.shinshokan.com/comic/oshirase/8624/ Twitter:@dear_plus_
【Gratte】https://www.animate.co.jp/gratte/ Twitter:@animatecafe_grt
【Rose Gatto】https://rosegatto.com/ Twitter:@bl_rosegatto

ディアプラス文庫9月の新刊

9月10日頃発売

とめられなくなった。

「……っ、綿辺さんっ……、中でけっこう感じてる？」

「こすれてるとこ、がっ……あぁっ……！」

ひたむきに抽挿《ちゅうそう》される真嗣のペニスと、熟《う》れた内壁がきつくこすれあう。もう目も開けられないほど、蒼央はそこから生まれる快感に夢中になった。

——気持ちいい。でもイけない。イきたい。

どうしたらいいのか分からなくて、蒼央は半泣きになる。

「綿辺さん、前いじってあげるからバックでしよ。一回抜くよ」

「あっ、あぁっ、あっ……！」

抜かれただけの刺激で腰が震える。がくがくと膝が笑って、下半身がまるで別物になったみたいだ。

真嗣に身体をひっくり返され、腰だけ抱え上げられて、すぐさまつながる。つながった瞬間、嬌声《きょうせい》を上げそうになって、枕に口を押しつけた。落ち着くまもなく再び抽挿が始まる。蒼央は目を瞑って、突き上げるような快感を享受《きょうじゅ》した。

蒼央のペニスを真嗣が慰めてくれる。うしろの刺激に、手淫《しゅいん》される快感まで加わると、頭の芯が痺れてしまい、何も考えられなくなった。

「綿辺さんっ、もうイきそ？　もしかしてイってる？　中がすごい痙攣してる」

「……はぁっ、あぁ、出そうっ……」

「いいよ。俺ももう……」

ペニスが膨《ふく》れあがり、先がとろけそうだと感じたすぐあとに蒼央は吐精した。その極《きわ》まっている最中に後孔をこすられ、そこが収斂《しゅうれん》した刹那《せつな》に、真嗣も中で弾けたようだ。

ふたりしてぐしゃりと崩れ、荒い息遣いの中しばらく放心する。

呼吸が整ってから、真嗣が蒼央の中から出ていった。つながりがとけただけで、少しさみしい。くっついていたい気持ちが湧き上がったとき、ベッドに寝転んだまま真嗣が抱きしめてくれた。だから蒼央も真嗣の背中に腕を回してぎゅっとする。

抱きあったままくちづけ、脚をからめて、髪をなでてくれるのが気持ちよくて、こんなふうにすればいいのか、と蒼央もそれを真似て真嗣の髪をなでた。真嗣がしあわせそうにほほえむので、蒼央は彼のことがたまらなくいとおしく感じて、うれしくなる。

蒼央が「あの……」と話しだそうとしたら声が掠れていて、ふたりで笑った。

「人生で一度も出したことない声を出したので、喉が」

真嗣が「一度も出したことない声」とますます笑っている。

「……あの……吉成さんが気持ちよくなること、もっと僕におしえてください」

真嗣は目を大きくして「ちょっともう……綿辺さぁん……」といやらしい顔をした。

「えっ、あっ、ち、違う、……いや、あの……違わない……です。それもあの、もっと勉強しますけど……、なんていうか、こういう……恋人同士のふれあい方というか……」

蒼央が懸命に訴えると真嗣はほほえましげに見つめて、にこりと笑ってくれた。

「綿辺さんが気持ちいいと、俺も気持ちいいの。気分の話じゃなくて、ほんとにだよ。ふれあい方にしても、ふたりでゆっくり見つけましょうよ」

おしえてくれと言ったことに対して、真嗣は一緒に見つけようと答えてくれる。彼は蒼央を急《せ》かしたり、こんなことも知らないのかと嗤《わら》ったりしない。

「吉成さんが、はじめての僕を気遣ってくれて、優しくしてくれて、僕もうしあわせで頭がとけるかと……あぁ……どうしよう……すごく、吉成さんのことが、すごく好きですっ……」

こんなに好きで、本当にどうしよう！　と思ったのだ。

「俺も、綿辺さんが好きだよ。もう、しあわせでとけそうです」

しっかりと抱き寄せられて、くちづけあう。互いの肌がふれあうのが気持ちいい。

茫然とするほど満たされている。あんまりしあわせで、ただ目があうだけで笑みがこぼれた。

おしゃべりみたいなキスで、ちゅ、ちゅ、とリップ音が響く。そんなことすら楽しい。

「今日はもう、綿辺さんとずっとこうしていたいな。帰らないでいてね」

おねだりされて、蒼央は「はい」とほほえんで答えた。

「仕事はあしたからまた、がんばります。吉成さんのスーツの本縫い、できるかぎり早く終わらせたいので」

「あぁ、忙しそうだもんね」

「忙しいからじゃなくて、僕が仕立てた最高のモテスーツを着た吉成さんを一日も早く見たいですし、その……それを着たあなたとデートがしたいので」

蒼央がはにかみながら言うと、真嗣は「え……ええ～」とうれしそうにばたばたしながらまたぎゅっと抱きついてくる。

「やったね。夢かなっちゃうな。俺ね、最初に『デートして』って言ったの、あれ冗談なんかじゃなかったからね」

「僕は……仕立てているとき、吉成さんとのデートを妄想してました。……あ、言ってませんでしたけど、吉成さんがうちにはじめて来たとき試着していただいたジャケット……あれ、じつはあなたをモデルに仕立てたスーツで……」

蒼央の暴露《ばくろ》に真嗣は「ええっ？」と驚きつつ、「そんなの最初から、俺のこと好きになるしかない流れだよね」と満面の笑みだ。蒼央も「ほんと、そうですね」と笑う。

「でもまさか自分の恋人のスーツをお仕立てすることになるとは、夢にも思ってませんでした」

「人生何がおこるか分からないものですね、タイユール。ところでデートはどちらへ行きたいですか？」

おどけた調子の真嗣に合わせて、蒼央も「とりあえず僕の妄想を聞いてくれますか？」と笑顔で返した。

恋を知った仕立屋《タイユール》

1

クリスマスが終われば、今年も残すところあと六日。その六日間で、なんとかキリのいいところまで進めておきたい、これを年明けに持ち越したくない、という気持ちになり、この時期はいつも以上に仕事に没頭《ぼっとう》してしまう。

ついつい作業にのめり込んで、睡眠《すいみん》時間は連日、三、四時間。終電を逃し、アトリエのソファーで眠るという毎日を過ごすうちに、あっという間に三十一日になってしまった。『タイユール・ヴェール・マラン』は三十一日が年内の最終営業日で、年明けの元旦から三日まで冬季休業というスケジュールだ。

「綿辺《わたべ》さん、十六時でご予約のフィッティングのお客様が三十分ほど遅れるそうです」

プレス・接客担当の安藤《あんどう》からそう声をかけられ、蒼央《あお》は手元の針先《はりさき》から目線を外さずに、三十分もあればこの芯地《しんじ》を縫《ぬ》い付《つ》けられる――などと考えながら「了解です」と返した。

こんなふうに予定どおりいかないことも含め、営業時間内はショールームのほうでタイユールとして接客もしなければならないので、どうしても作業効率は下がる。そんな中、自分で調整したり手順を変えたりして、うまく消化していくしかない。

大晦日《おおみそか》の今日は十八時にはクローズする予定だ。つまり通常より二時間早くショールームを閉めることになる。じゃあ今日くらいは二時間早く帰ろう、じゃなく、その分いつもより長くひとりで作業できる、と考えるのが綿辺蒼央だ。

それからフィッティングのお客様が来店し、そのあと「新年会で着る予定のスーツのウエストがちょっときつくなった」というお直しの依頼を引き受け、今年最後の新規オーダーをいただいたお客様を店の外までお見送りして、予定より十五分オーバーでようやく出入り口のドアに『クローズ』のサインボードをかけた。

「さあっ、今日は帰りましょう、タイユール！」

アシスタントの片山《かたやま》が腕を組んできたかと思うと、ショールームの真ん中をまるでボールルームダンスでもするように突っ切っていく。

「えっ？　えっ？」

「大晦日ぎりぎりまで、わたしたちはめいっぱい働きました。ここのところみんな終電コース。綿辺さんはアトリエお泊まりコースだったでしょう？」

「今日はみんな早めに帰ってください、って」

朝礼のとき僕がそうお伝えしましたよね、の意味を込めて返すと、片山が眉根《まゆね》を寄せた。

「いやいや、ここ数日の綿辺さんは『ひとりブラック企業』と呼んで差し支えないかと。がんばるときは精いっぱいがんばって、休むときはきっちり休むべきです。仕事も大事ですが、まずは心身共に健康でなくちゃ」

もっともなお叱《しか》りには反論できないが、蒼央は内心で「でも僕、元気です」とひとりごちた。

しかし思い返せば、蒼央は昔から作業に夢中になると、その他がまるっとおざなりになるところがおおいにある。だからこの『自分は元気だ』という感覚は、アドレナリンがどばどばと放出され、作業工程が進むことに達成感を得て快感を覚えているから、脳が『それほど疲れていない』と勘違いしているだけなのかもしれない。

だとすると、やはり彼の忠告を真剣に聞き入れるべきなのではないだろうか。

「わたしも片山さんの意見に賛成です。いくら『いっさい疲れの見えない奇跡の美肌《びはだ》』とはいえ、そのうちどっと、しわ寄せが来ますよ。今日はアトリエとショールームのみんなで仕事納めをして、綿辺さんも一緒にせーので帰りましょう」

安藤にもにこにこと笑顔で加勢され、味方を得られない蒼央は「うっ」と詰まった。

「それに、年越しの瞬間を大切な人と迎えたいと思いませんか?」

安藤のダメ押しに、蒼央は目を瞬《しばた》かせる。

——大切な人。

クリスマスの日、恋人になった彼……吉成真嗣《よしなりまつぐ》のことを忘れていたわけじゃない。今は恋に現《うつつ》を抜かして彼のことばかり考えている場合じゃないぞ、と自分を叱咤《しった》し、なるべく考えないように努めていただけだ。お互い忙しいので、今日も会う約束はしていない。

——してない、っていうかできないんだ。吉成さんが昨晩『あしたも何時に終わるか見通し立たない』ってLINEくれたし。

茫然《ぼうぜん》としていると「はいはいはーい。帰り支度《じたく》しましょう」と安藤と片山に両方から腕を組まれ、スタッフルームに連行された。


当初の計画では仕事納めの会をしたあとスタッフみんなをひとりで見送り、アトリエに戻るつもりでいたが、けっきょく蒼央も一緒に帰ることになった。

「来年もよろしくお願いします。綿辺さん、新年会の三日に会いましょうね！　良いお年を」

年内に忘年会ができなかったので、スタッフと新年会をすることになっているのだ。

「みなさんも、良いお年を」

明るい笑顔のスタッフたちがこちらへ手を振り、引き潮《しお》に呑《の》まれるみたいに人混みに紛《まぎ》れて通りの向こうへ消えていく。

元来、人見知りで人づきあいが苦手なので、最初はスタッフとの関係もどうなることやらと不安だったが、朗らかな彼らにずいぶん助けられうまくいっていると思う。

――フランスのメゾンで働いてた頃は、日本人ってだけで人間関係でけっこう苦労したから、勝手によくない想像してたんだよな……。

見送ったあと蒼央は『タイユール・ヴェール・マラン』の外観をふらりと仰《あお》ぎ見《み》て、ほっと笑みを浮かべた。

オープンして二ヵ月。目まぐるしくいろんなことが起こったので、体感的にはもっと経《た》ったような気がする。店は順調な滑り出し《すべりだ》で大きなトラブルもなく、仕事に恵まれ、気持ちよく新しい年を迎えられそうだ。

——……さて、どうしよう。

予定よりずいぶん早く帰宅することになってしまった。

蒼央の脚はとまったまま。安藤から言われた「年越しの瞬間を大切な人と迎えたいと思いませんか？」が頭でリフレインし、最後に会ったクリスマスの日の真嗣の姿がちらちらする。

それまではどんなに薄くてもシャツかトレーニングウエア越しにしか真嗣の身体を見ることはなかったけれど、あの日はじめて理想的な裸体を間近に見て、手で直《じか》にふれた。最高に好みの顔の彼に「綿辺さん」と甘い声で呼ばれ、「も少し脚、開いて」なんて優しく命令されたら従う以外にない。

——かっ……こよかった……！

蒼央は胸が滾《たぎ》るのをぐっとこらえて奥歯を噛んだ。

だって本当に彼のすべてにあてられ、泥酔《でいすい》したようにくらくらして、頭の奥まで痺《しび》れたのだ。

自分の身に起こったことを、フラッシュバックみたいに情動を伴って想起する。脳だけではなく身の内でも追体験してしまう。こんな往来のど真ん中なのに。

蒼央にとっては彼と経験したどれもが、思考力を奪われるほど濃厚で刺激的だった。寝転がった状態で他人に覆《おお》い被《かぶ》さられるなんて、普通に考えたら恐怖のシチュエーションだ。

——でも怖いなんてちっとも思わなかった。吉成さんが優しかったから。どきどきしすぎて、死にそうにはなったけど。

そんなベッドでのほにゃららばかりではなく、「クリスマスなのにごめんね、こんなのしかない」と真嗣が作ってくれたトマトのパスタはおいしかったし、あわあわしているうちに押し切られて一緒にお風呂にも入った。

そういうわけで、クリスマスの一日があまりにもしあわせすぎて、好きな人に好きになってもらえるってすごい、という子どももみたいな感想が、蒼央にはいちばんしっくりきた。あの日の九時間あまりは、そういう時間だった。

スーツバカな蒼央に対し、真嗣は「綿辺さんが一日に考える十個のうち、俺のことは一個でいい」と言ってくれたが、この瞬間、自分の頭の中で吉成真嗣がどんどん増殖《ぞうしょく》を続けている。

——ど……どうしよう。なんかとまんなくなってきた。

仕事中はこんなふうに頭いっぱいになることはなかったが、店を出た途端にこれだ。こういう状態を腑抜《ふぬ》けというなら、まさに自分はそうなっているのでは、と思う。

蒼央は無駄に顔をきりりとさせて、ようやく自宅方面の最寄り駅に向かって夜の骨董《こっとう》通りを歩きだした。これ以上悶々《もんもん》と考えていると、自分の中身がぜんぶ吉成真嗣で埋《う》まってしまいそうだったからだ。

なのに、蒼央の中の彼は、まるで一度倒れ出すととまらないドミノの駒のように増殖し続けた。焦《あせ》れば焦るほど埋め尽くされていき、蒼央の脚は再びとまる。

――……何時になってもいいから、会いたい。

年越しの瞬間を一緒に、というのは贅沢《ぜいたく》な望みだとしても、永遠に終わらない仕事なんてないはずだ。

それに『あしたも何時に終わるか見通し立たない』のが、仕事なのか年越しパーティーなのかは訊《き》いていない。

ついには、もしパーティーだったら少し早めに抜けてくれないかな、というわがままな願望まで湧いてきた。だとしても、疲れているにちがいない。元日も仕事かもしれない。一刻も早く寝たいかもしれない。

彼を想えば想うほど、ここは大人の男としてスマートな対応を……と押しとどめようとする自分もいる。

気遣う気持ちはあるのに、蒼央は真嗣に連絡しようとついにスマホを手に取った。頭では理性的に考えていても、びっくりするほど心と身体がいうことをきかない。

じっとディスプレイを見つめて、なんて誘おう、と考える。ただ会いたい以外に、とくに用件はない。

——イブのときは「早く謝らなきゃ」って大事な用件があったから、突撃行動できたけど。

すごく気持ち悪いことをしようとしている気がするし、「忙しい」と言っている人を追い込むだけのような気もする。だったら待てばいいし、いっそあしたでもいいはずなのに。

——吉成さんの負担にならないような誘い文句……。もし断られたら相手を気遣《きづか》いつつ気の利いた返しを……。

名案が浮かばない中、ディスプレイにぱっと『吉成真嗣』の名前が表示された。

「!?」

続いてバイブレーションと着信音が響き始める直前、驚いた拍子に応答ボタンをタップしたため、電話がつながってしまった。

——わあぁっ、これじゃあ待ち構えてたみたいだよ!

実際待ち構えていたも同然だが、コールセンターのオペレーターもびっくりの勢いに自分でちょっと恥ずかしくなる。

蒼央は耳が熱くなるのを感じつつ、平静を装うつもりの異様に低い声で「はい」と応答した。

しかしあまりに早すぎたため、真嗣が『ん? つながってる?』と戸惑っている。

「あ、あの、吉成さん、つながってます。綿辺です。ちょうどスマホ見てて……」

肝心《かんじん》なところをごまかしてはいるが、嘘じゃない。

『あぁ、そうなんだ。予定変更で仕事が終わったんですけど、綿辺さん、今から会えます?』

「えっ？」

『今からっていうか、俺は待てるので、時間があればどうかなって』

蒼央は目を瞬かせた。蒼央がついさっきまでごちゃごちゃと考えていたあれこれを、真嗣になんでもないことのように呑み込まれ、攫《さら》われる。それがうれしい。

「ああありますっ！　時間、あります。僕も仕事が終わって、たった今、店を出たところで」

『俺も新宿の事務所を出たんで……そうだ、飲みに行きましょうよ。千駄ヶ谷《せんだがや》に燻製《くんせい》料理を出す居酒屋があるの気になってて――って、綿辺さん、燻製はだいじょうぶですか？　居酒屋でいい？』

「え、あ、はい。好き、です」

『じゃあ、席取れるか確認してまたすぐに折り返しますね！』

慌ただしく電話が切れ、スマホを手に持ったまま茫然としてしまう。

「会える……」

年越しの瞬間を、真嗣と一緒に過ごせるかもしれない。

――……いやいや、ぼーっとしてる場合じゃないって。

蒼央が、千駄ヶ谷なら表参道《おもてさんどう》駅から……ともたもたと経路を検索しているうちにLINEで『席、取れました。千駄ヶ谷の駅から遠いので、そこからタクったほうが近いし早い』と地図付きのメッセージが届いた。

——さすが、吉成さん！　仕事が早い！

真嗣の先読み力に感心しつつ、タクシーを捕まえて乗り込む。

それから十分ほどで到着すると、ちょうど真嗣もタクシーから降りたところだった。

「タイミングぴったり。よかった」

——六日ぶりに会う吉成さん……なんかもう直視できないくらいかっこいい……！

チャコールグレーのチェスターコートの下はニットで、いつのものようにきれいめな大人カジュアル。どこかが変わるほどの時間は経っていないのに、蒼央の目にはなんだか少し違って映《うつ》る。

——やたらどきどきして心臓おかしいし。

「綿辺さん？」

「あ、はい」

思わずみとれてしまっていた蒼央ははっとして、真嗣に続き居酒屋に入った。

一テーブルごとに壁で区切られた半個室に通され、四人掛けのテーブルに向かい合うかたちで座る。小鉢《こばち》のお通しがテーブルに置かれ、アルコールをオーダーした。

すぐ傍《そば》の壁にある『さくら、くるみ、ウイスキーオーク、ヒッコリーのチップでスモークしております』との興味深い説明の下に書かれた『スモークチーズ食べくらべセット』に惹《ひ》かれる。

蒼央はおしぼりで手を拭《ふ》きながらメニューを覗《のぞ》き込《こ》んだ。玉子、チーズ、ベーコン、魚介《ぎょかい》などの『こだわりの自家製燻製盛り合わせ十二種』、別紙の『本日のおすすめ』には刺身盛りや肉料理系の新鮮さを売りにした一品料理が並ぶ。

蒼央がメニューに目線を落としたまま「おいしそう……」とつぶやいたとき、真嗣の小さな笑い声が耳に届いて顔を上げた。

「綿辺さん、おなかすいてる？」

「あ……そういえば今日は十時過ぎに食べたきりだったので」

ほほえましい、とでもいうように優しく見つめられて、目を逸《そ》らせなくなった。

「会うのほぼ一週間ぶり、ですね、綿辺さん」

「……そう、ですね」

そんなふうに言われたら、クリスマスの日のことを思い出さずにはいられない。

「俺、あの翌日、あんま仕事になんなかったですよ」

「えっ？」

真嗣はにこにこと楽しそうに語る。

「綿辺さんは接客業だし、だいじょうぶかなーとか考えてるうちにトリップしちゃって。頭より身体動かす仕事内容だったらそんなふうにはならないんだろうけど、あの翌日はたまたまコラムの締め切りで文章を考えなきゃいけなくて。ぜんぜん邪念に勝てないの」

コラムの仕事もやってるんですね、ということより、邪念ってどんな、のほうが気になり、蒼央は反応に戸惑って無言になった。こういう『恋人同士の会話』をしたことがないし、気の利《き》いた言葉がひとつも出てこない。

「綿辺さんは、ここ数日アトリエに泊まりだったんですよね？」

こちらの仕事について話を振られて、蒼央はようやく自分を取り戻した。

「はい。年内に終わらせたいな、進めておきたいなって、気が急《せ》くんですよね。今日もそのつもりだったんですけど、スタッフに『今日くらいは一緒に帰りましょう』って言われて……」

「じゃあ、タイミングよかった」

もし店にひとり残って作業中に真嗣から電話を貰《もら》っていたら、どうだっただろう。

――あしたまでに仕上げないといけないわけじゃなかったし……キリのいいところでやめて吉成さんに会いに行くだろうな。

「いいスタッフさんたちですね。毎日根詰めて仕事してる姿を見てるでしょうし、綿辺さんにいくら『僕のことは気にしなくていい』って言われても、それを見ないふりできないんだ」

真嗣にそんなふうに言ってもらったのがうれしくて、蒼央はぱっと笑顔になった。

「はい。あの方たちと仕事ができてよかったです。フランスでは、メゾンにいる職人はみな互いに優劣《ゆうれつ》をつけて意識しあうライバルでした。お構いなしにマイペースな僕は、その闘《たたか》いから逃げる負け犬だって言われてた。だから最初は、『仕事仲間』とはいえ、そういう距離で仕事をするものなのかなって思ってましたけど……完全に誤解だったな」

「『タイユール・ヴェール・マラン』は綿辺さんの城だし、働くスタッフはライバルっていうより、その城を盛り上げるチームだしね」

「そうですね。ほんとに心から信頼できるチームです」

安らいだ心地で息をついたときふと真嗣に見つめられていたことに気付いて、蒼央は一度絡んだ視線を思わずぱっと逸らした。

「燻製以外のも、うまそうですね。綿辺さん、どれ食べたい？」

真嗣が両腕を組むかたちでテーブルに腕をついて、蒼央のほうへぐっと身を乗り出してくる。

彼の顔が近付いて、蒼央は慌ててふたりの間にあるメニューのほうに目線を向けた。

「え……、えっと……あ、あ、その、『燻製の盛り合わせ十二種』のと『スモークチーズの食べくらべセット』……燻製ばっかりそんなにいらないでしょうか」

「どっちも食べましょうよ。ワイン飲みたいからカルパッチョも食べたいな。サラダは？」

「サラダは……これか、これ？」

指をさして問いかけたものの反応がなく、蒼央がそっと目線を上げると、真嗣はなぜかにんまりとほほえんでいる。今度はそのまま固められたみたいに、蒼央は彼から目が逸らせない。

すると真嗣がドリンクメニューを通路側に向けて衝立《ついたて》にし、その陰に頭が隠れた一瞬に猫だましみたいなキスをしてきた。

「――っ‼」

驚きすぎて声も出ない蒼央を見て、真嗣が「目ぇ丸くした猫みたい」と笑っている。

「あ……だっ、誰かに見られ……」

人に見られていないかきょろきょろ、しどろもどろの蒼央に、真嗣は「誰も見てないの確認したからだいじょうぶ」と悪びれない。

「う、うそでしょ、吉成さん、今ぜんぜん周り見てなかったじゃないですか」

ほかの客と視線が交わらないようにテーブルが配置されているようだから、彼が言うようにたぶんだいじょうぶだろうけど。

「綿辺さん、なんか緊張してんだもん」

真嗣は笑っている。しかしそう指摘されて気付いた。

――そうか……。僕、緊張してるんだ。恋人を前にして、それを本人に見抜かれて指摘されるほど緊張するなんて……。

真嗣と普通のつきあいだった頃のほうが、もっとリラックスしていたかもしれない。

自分でどういうことなのか釈然《しゃくぜん》としない中、料理を選んでいる途中で注文していたサワーとハイボールがふたりのテーブルに運ばれた。

2

燻製はもちろん、料理がどれもおいしかったので、蒼央《あお》もお酒が進んだようだ。

――緊張してるみたいだったから、俺が飲ませたってのもあるけど。

蒼央はアルコールに弱い。手っ取り早く堅牢《けんろう》なケージから出てきてもらうために、使えるものを使ったが用法用量にもう少し手加減が必要だったみたいだ。

会計をすませ、店を出たところで真嗣《まつぐ》が「雰囲気もよかったし、いい店だったね」と蒼央に話しかけるとうなずきはしたものの、反応が鈍《にぶ》くぼーっとしている。

「ちょっと飲み過ぎかなーと思って見てたけど、あした休みだからいいよね、綿辺《わたべ》さん」

「……はい」

「こうなったらとことんで、もう一軒、バーとか行きますか？」

歩きながらのこの問いには、答えが返ってこない。連日アトリエお泊まりコースだったからさすがに疲れてるのかも、との気遣いで「……帰ります？」と問いかけると、蒼央の歩みがとまった。

はじめて飲みに行ったときも加減が分からず泥酔《でいすい》させてしまったし、もしかして具合が悪いのでは、と心配になる。

「綿辺さん、だいじょうぶ?」

問いながら顔を覗き込むと、蒼央が真嗣の腕に掴まってきた。酔いでふらついたのかと思いきや、しっかりと視線を交えてくれて、それほど具合が悪そうにも見えない。

「と……年越し……」

「年越し?」

蕎麦《そば》でも食べたいと言い出すのかと一瞬思った。

「吉成《よしなり》さんと一緒に、年越しの瞬間を……迎えたいので」

「…………あ……」

びっくりしすぎて言葉がすぐに出てこない。

「これ以上飲むと、僕はまたあの最初のときみたいに寝てしまいそうです」

蒼央の潤《うる》んだ眸《ひとみ》と見つめあって、真嗣はあからさまに、にまあっとしてしまった。

「綿辺さんに、そんなふうにお誘いされるとは思ってなかったな」

「お誘い?」

本人はそういう意図も意識もない、というところがかわいいのだ。

ほかの通行人の邪魔になっていたので、営業を終了したショップの出入り口の辺りに蒼央を引っ張り込んだ。

「俺だってほんとはこのまま帰したくなんてないですし。うちに来ます?」

雰囲気たっぷりに「帰したくない」と言ったつもりなのに、「吉成さんのご迷惑でなければ」なんて社交辞令的に返してくるのが蒼央らしい。

「迷惑なんてないよ。綿辺さんは？　実家に帰ったりしないの？　実家どこ？」

飲んでいるときの話題は、この一週間のそれぞれの仕事についてだったし、そういえば実家がどことか家族構成とか、蒼央について知らないことがまだたくさんある。

「実家は下板橋《しもいたばし》で、あしたお昼に帰るって言ってあります」

「じゃあ、うちに泊まってもいいわけだ」

「と……はい……あ、え？　お、お誘いって、そういうっ……？」

——スイッチ入んの遅いです、綿辺さん。そんなとこが好きだけど。

「え、違った？」

蒼央の耳に顔を近付けて「えっちするよね？」とストレートに問うと、蒼央はアルコールの影響か恥ずかしさからかで赤くなった耳を両手で押さえている。

——やっぱい。超楽しい。

恋人関係になってまだ一週間。つきあい始めたばかりで初々しいかんじがくすぐったいというより、この一週間でふたりの関係が後退したのではと思うほど、今夜は蒼央のほうに緊張を伴《ともな》った硬さを感じる。でもその彼が、もっと一緒にいたいと言ってくれたのだ。

「あれから会ってなかったし、俺はいっぱいしたいなぁ」

真嗣がむふっと笑う前で、蒼央の濡れた眸がゆらゆらしている。

言ったことに対して返事が欲しかったわけじゃないけれど、蒼央はぐっと奥歯を噛んだあと、目を逸らしたまま小さく「……僕も、したいです」と応えてくれた。

――わーお！

「今の、最高です」

タクシーより電車が確実と踏んで、蒼央の腕に腕を絡めて歩きだす。こうなったらもう、一刻も早く帰りたい。「寒かったし」ともっともらしい言葉で言いくるめて、一緒にお風呂に入っていちゃいちゃするところまで妄想する。

「さっき綿辺さんに訊いたので……うちの実家は永福町《えいふくちょう》で、サラリーマンの父と看護師の母と三つ下の妹がいます。今はたしかセレクトショップの原宿《はらじゅく》店で店長やってるかな。妹は短い周期で違うことやってる系」

「うちは高校で現文を教えている父と、保育士の母、祖父母がいます。きょうだいはいません」

互いの家族の話をしながら酔い醒《ざ》ましに十分ほど歩いたあと電車に乗った。

真嗣は家族に自分の性指向を明かしていない。積極的に「ゲイなんだ」と言うことでもないな、というのは知人に対してそう思っているのと同じだ。その話題にあえてふれる必要性を感じない。ずばり訊かれたら答えるつもりだが、彼女の有無や結婚についても家族に突っ込まれたことがない。

「気付いてて、訊けないだけかもしれないですけどね。家族仲はいいし、遠慮《えんりょ》してるとか腫《は》れ物《もの》にさわらないようにってわけじゃなくて、訊かない優しさかもしれないなって」

「結婚しないことを珍しいっていう時代でもないですしね……。僕なんかこれまでスーツしか見てない人生だったから、恋愛以前の問題ってかんじで、両親に日本でタイユールになるって報告したときだって、『お客様とちゃんと話せるの？』ってそこから心配してました」

「孫の顔見たいとか、早く結婚してくれとか、どっちも言われないっぽいね」

跡取りを切望されるような家柄ではない、というのはけっこう重要だ。結婚以外にも親孝行の方法はある。

「……ですね」

蒼央の返答に少し間があり、微妙な反応だ。

——うわっ……困らせた？　つきあって一週間で気が早すぎる話題だったかな、これ。

その話題のあとふたりともしんとしてしまったが、中目黒《なかめぐろ》駅で降りるのと同時に気持ちと空気を切り替えた。

「綿辺さん、フランスにいたころは正月に帰国してたの？」

「いいえ。クリスマスも師匠《ししょう》と過ごしてましたし」

「師匠と？　クリスマスも？」

「なんならバカンスも。余暇《よか》を一緒に過ごすような友だちもいませんでしたし」

——人づきあいが苦手な綿辺さんも師匠にはなついてたんだろうけど……仲良すぎない？

フレンチスタイルに限らずイタリアもイギリスも日本も、仕立屋の『師匠』と呼ばれる人たちはロマンスグレーの年配男性のイメージだ。自分の父方の祖父がそのイメージに近い気がする。蒼央との会話にときどき登場する『師匠』がどんな人だったのか気になった。

「ふーん……師匠の写真とかないんですか？」

すると蒼央はスマホを手にして、画像を探している。

「ありました。彼がムッシュ・リュカ・デュナン。サンジェルマンにあるブティックのショールームでの一枚と……次がドーヴィルでのバカンスで、この画像は去年のクリスマスです」

スマホの画面を覗き込んで、真嗣はぎょっとした。

「あのぅ……これ『００７』の新作映画予告の拾い画像……じゃないですよね」

ショールームをバックにフレンチスーツを身にまとい、軽く腕を組んでソファーに寄りかかった碧眼《へきがん》のイケオジ。ダニエル・クレイグみたいに男の色気がむんむんしている。よりによって高級リゾート地でむきむきの上半身裸写真まで並べられていることに、意図はないのだろうか。そしてとどめは、クリスマスツリーをバックに、００７的イケオジが蒼央の肩を抱いている写真だ。

真嗣はスンッ……と真顔になった。

「わ、綿辺さん……」

やきもちやかせたくて俺のこと煽《あお》ってます？　と訊く寸前、蒼央の無垢《むく》な眸とぶつかった。

「かっこいいですよね」

「かっ……」

きらきらっとした目で同意を求められ、真嗣は口が開いたまま塞《ふさ》がらない。

自分以外の男をさして蒼央から「かっこいい」という言葉がするんと出てくるとは思わなかった。その衝撃も相まって鸚鵡《おうむ》返しに「かっこいいですね」と返したものの、猛烈にもやっとする。

「ムッシュ・リュカ・デュナン……って、何歳？」

「えっと……五十五歳です」

「綿辺さんが『師匠』って言うからもっとなんていうか……ビッグバンドジャズ聴いてるノリのいいロマンスグレーのおじ……いや、この方もロマンスグレーに近いんだけど……」

――めちゃめちゃエロいセックスしてそうじゃん！

祖父ではなく父と同年代で、父にしても当然のことながらダニエル・クレイグにはほど遠いのだが。

バカンスもクリスマスも正月も一緒に過ごして、本当にただの師匠と弟子の関係だったんですか？　なんて訊くまでもないが、あっちに下心はなかったのか、あなたが気付かなかっただけなのでは、と問いたくなる。

「綿辺さん……」

「はい」

きれいに澄んだ蒼央の眸に、誰彼構わず見境なく嫉妬《しっと》する男の醜《みにく》い顔を映してはいけない。

「いや、あぁ、えっと……師匠とすごくいい関係だったんですね。こんな、お休みの日にいつも一緒にって」

師匠との関係を褒められた、と解釈《かいしゃく》した蒼央は、うれしそうにしている。

「そうですね。僕がいつも仕事ばかりしてるので、『センスは鍛錬《たんれん》では得られない。アオはもっと美しいものを見て、おいしいものを食べて、太陽の光を全身で吸収するべきだ』って」

「……『アオ』……」

「あ、店の名前『ヴェール・マラン』をつけてくれたのも師匠です。僕の名前とかけて、海のような緑を帯びた青色を表す言葉なんです」

「えっ、ユニバースの上の人……岡広《おかひろ》さんとかがつけたんじゃなかったの？」

「いえ、岡広さんから『店名どうする？　希望ある？』って訊かれて、僕が師匠にお願いしてつけてもらいました。フランスの海の色は『アオ色だ』なんて言って……」

――おおおい……マジか。一見分からないけど綿辺さんの名前が入ったダブルミーニング？

蒼央は当時を思い出しているのか、うれしそうに頬をゆるませている。

真嗣は再び真顔になった。碧眼イケオジの影響力たるや底知れない。

こっちには『綿辺さんの恋人』という無敵のキャッチコピーがあるとはいえ、闘わずしての敗北感に打ちのめされそうだ。

無言の真嗣をいぶかしみ、蒼央がわずかに首をかしげた。

——だめだ。自分と出会う前の彼の人間関係、恋愛経験をとやかく言うとか、関係そのものを疑うなんてのは最低レベルの愚行《ぐこう》だぞ、俺。

でもこのままではどうにもじりじりが治まらないのでそれを相殺《そうさい》するべく、真嗣は川縁《かわべり》の往来でいきなり蒼央をぎゅうっと抱きしめて、彼を困惑させてしまった。

計画通り蒼央を言いくるめて一緒にお風呂に入ったら、碧眼イケオジによるもやもやはひとまず吹き飛んだ。あいかわらず反応が硬い蒼央をバックハグして、彼の背中に頬を押しつけ、ガードがゆるむのを待つ。

「綿辺さーん。なかなか緊張とけないねぇ」

「そ、それはっ、だって、こんな……他人と一緒にお風呂に入るなんて」

「他人じゃないよ、恋人です。クリスマスも入ったじゃん？」

言葉の綾《あや》だろうな、とそこはあまり気にしない。しかし、せっかくのお風呂なのに彼がリラックスできないでいるのは、さすがにちょっとかわいそう。

たしな。

——でもスローペースの綿辺さんに合わせてたら、帰宅後に飲み直すことから始めそうだ
多少は力技も使わないと、いつまでも居酒屋のテーブルを挟んでいるような距離感が縮《ちぢ》まらない。とはいえ、無理やり自分の気持ちばかり押しつけるようなことだってしたくはない。

——綿辺さんはエレガンスとダンディの国にいた人だから。

頭にちらっと碧眼イケオジが過ぎる。

——ああいう余裕が服着て歩いてるような大人の男は、がつがつもそわもわもしないんだろうな。俺ももっと甘く優しく、エーゲ海のようにおだやかで、太平洋ほど広い心でもって恋人を気遣える人になりたい。

「綿辺さん、俺を背もたれにして寄りかかってみて」

「えっ？」

恋人に困惑の悲鳴を上げられるとはじつに切ないが、いちいちめげていられない。

両脇に腕を回して抱き寄せると、やっと蒼央がとてもゆっくりと体重をかけてくる。

「だいじょうぶ。綿辺さん専用の人間椅子です」

おどけた調子で言うと蒼央がちょっと笑って、その力がゆるんだ隙に「もっとぜんぶ寄りかかっていいから」とさらに引き寄せた。

ちゃぷんと湯が撥《は》ねてしばらく待つと、蒼央の肩の力がゆるゆると抜けていく。

「あの……、重くないですか……？」

「ぜんぜん」

そう答えて、年末いっぱいまでたくさん働いたであろう彼の指をマッサージする。一本ずつ丁寧に、そして手のひらや親指と人差し指のつけ根の辺りをもみほぐした。

「ここね、合谷《ごうこく》っていうツボ。肩こり、頭痛、腰痛、歯痛、疲れ目、ストレスに効果的です」

「なんにでも効くってことになりますね」

「万能のツボともいうんですよ。とはいえ、ほかのツボはぜんぜん知りませんけどね」

マッサージと称していちゃつく、というのは常套《じょうとう》手段かもしれないが、なんとかリラックスしてほしいし、疲れているだろうから少しでも癒《い》やしてあげたいという気持ちも本心だ。

「痛くない？」

「……気持ちいいです」

「ほんと？　よかった。はーい、次は右手もしてあげる」

はじめて彼の手を取り、じっと見つめた日のことを思い出していたら、蒼央も「ショールームではじめて会ったとき、吉成さんはイギリスの紳士が淑女にするみたいに僕の手を持ち上げて」とつぶやいた。

「俺ね、あのとき『この人なんてエロい指してんだ！』って思ってました。ごめんなさい」

「えっ？」

驚いて少しこちらを振り向いた蒼央と目が合い、真嗣は彼の指にキスをする。

「恋心を抱《いだ》いてしまう相手だ、って目で見てたんです、最初から。俺にとって綿辺さんは、そういう人だったってこと」

見つめあって、今度は蒼央の頬に、耳朶《みみたぶ》に、そっとキスをした。くすぐったそうにうつむく蒼央の頬に手を添えて上向かせ、しっとりと濡れたくちびるにくちづける。

くすぐるようにふれて軽く吸うと、蒼央はすぐにそこをゆるめて真嗣の舌を受け入れた。挿《さ》し込《こ》んだ舌先に蒼央も舌を絡ませて応えてくれたので、うれしさと興奮でいっきに下肢《かし》に熱が集まってくる。

「あ……ふ……」

頭の中が蒼央への想いでいっぱいになり、両腕で掻《か》き抱《いだ》いて、キスに夢中になった。

手のひらで首筋、背中、腰……とあちこちにふれ、はじめてのときは余裕がなくてほとんどふれなかった乳首《ちくび》にも指先を滑《すべ》らせる。

くちびるをくっつけたまま蒼央がくすぐったそうに笑うけれど、ふれるところぜんぶ気持ちよく感じさせてあげたい、と思う。

「くすぐったいとこは性感帯っていうでしょ?」

「でも、僕は男ですし」

「性別関係ないって」

くちびるをキスでふさいで、根気強く小さな乳首を指先で転がしたり、乳暈《にゅううん》をつまんだりし続けているうちに、くすぐったがるだけだった蒼央が少し苦しげに眉を寄せて鼻をならした。

「よくなってきた？」

「……わ、かんない……」

「うそ。じんってしてきたんじゃない？　こっちもすごい勃《た》ってきたし」

乳首を弄《いじ》っていた手を替えて、蒼央のペニスを湯の中でこすってやる。両方を同時に刺激されている蒼央はため息みたいな吐息をこぼし、真嗣の首元に顔を隠すようにしてこすりつけてきた。そのあとはすっかり身を預けて、こらえるように小さく声を漏らしている。

――ぐああ……めちゃめちゃかわいいっ……！

バスタブのへりに座らせてフェラしてあげるのもいいけれど、いくらなんでも寒いだろうし、そこまでしたら勢いをとめられずにこのままここで最後までしてしまいそうだ。蒼央をいたわる気持ちが、暴走しそうな性衝動にブレーキをかける。

「綿辺さん、ベッド行こ」

快感にふやけたような顔をした蒼央の手を引き、バスルームを出てベッドに直行した。部屋をあたためておいたので寒さを気遣う必要はないし、水気で滑りそうとか、体勢がどうとか余計なことに気を取られることなく、目の前の蒼央にだけ没頭《ぼっとう》できる。

ところが、そのあともろもろを後悔する展開が待ち受けていた。どこで選択を間違ったかといえば、最初から居酒屋なんて行かずにさっさと部屋に連れ込むべきだったのだ。

「……綿辺さん？」

彼のペニスを手と口で懸命に愛撫《あいぶ》し、それに蒼央が感じて呼吸を乱す様は扇情的《せんじょうてき》だったし、真嗣も俄然《がぜん》盛り上がっていたのだが。

——えっ？　こんなことあり得るっ？

真嗣はもう一度「綿辺さぁん？」と呼びかけてみたが、蒼央の反応がない。

「……えー……ええ……うそーん。寝たぁ……？」

極まったあとすぐにすやすやと心地よさそうな寝息を立てて、蒼央が眠ってしまったのだ。

——分かる……分かるよ。俺も男ですし。出したら猛烈に眠くなることある……あるよね。

蒼央は連日アトリエに泊まるくらいに根を詰めて仕事をしていたのだろうし、翌日そのまま通常どおり店に立って一日働くわけだから、寝不足と疲れがたまっていたところに飲酒、入浴後のコレで、残りわずかだったエネルギーがついに切れたのかもしれない。スマホみたいにバッテリー残量表示でもしてくれたら対処のしようもあるのだが、時すでに遅しだ。

「綿辺さぁん……ほんとに寝ちゃうの～……？」

簡単に諦《あきら》めきれずに小さな声で問いかける。

すると蒼央は「ん……」とまぶたを上げかけたが、真嗣が思わず息を殺して様子を見守っていると、そのあと完全に寝入ってしまった。

浮上しかけた一瞬に無理やり起こせば覚醒《かくせい》してくれたかもしれないけれど、こうなった事情を知っているだけにそんな強引なことはできない。

蒼央はあまりにも気持ちよさそうに眠っている。真嗣は足もとにたまっていた上掛けを引き上げて蒼央の肩が冷えないようにかぶせてやり、彼の横に並んでその安らかな寝顔を眺めた。

「眠気に負けるほど俺がへたくそってわけじゃないよね」

クリスマスを最後に、今日は久しぶりに蒼央と会えた。ふやけるくらいたっぷり愛して、盛大にいちゃいちゃしようと思っていたのだ。

さみしいのとがっかりと、やり場のないムラムラと、そういう正直な気持ちもあるけれど。

——出して満足したあとの寝顔かわいいから許す。今はゆっくり寝かせてあげよう。

蒼央にとっていい彼氏でいたい。傍にいて癒やされる存在でありたいのも本心だ。

——仕事ひとすじの綿辺さんに『余暇は吉成さんと一緒にすごしたい』って思ってほしいし。

ダニエル・クレイグみたいなイケオジには到底なれないが、誰よりも自分がいちばん蒼央を想っているし、彼の隣にいてふさわしい男でいたいのだ。

3

新年早々、綿辺蒼央《わたべあお》はどんよりした気分で電車に揺られていた。実家へ帰るためだ。名古屋《なごや》に住むいとこが近々結婚予定の彼氏を親戚《しんせき》に紹介したいとのことで、「十二時に親戚三家族集まって食事をするから、それまでに必ず帰ってきてね」と母親にお願いされていたので、遅れるわけにいかない。

――このままでは僕、ふられるんじゃないかな……。

目が覚めたら朝だった。真嗣《まつぐ》の話では、「死んだようにぐっすり寝てた」らしい。自分がやらかしたことがショックすぎて、真嗣の部屋にいるときはあまり深くものを考えきれなかったが、こうして電車に揺られていると少しずつ冷静さを取り戻して頭の中が整理されていく。

バスルームでいい雰囲気になり、ベッドへ移動してすぐに真嗣が口でペニスを愛撫《あいぶ》してくれたところまでは覚えている。腰が浮くほどよくて、そのまま彼の口の中で果てた気はするけれど、その辺りからすでに記憶がない。

――自分だけ気持ちよく出したら寝落ちするなんて最低すぎる……！

どうにもいたたまれなくなり、蒼央は電車の中だということも忘れて、わっと両手で顔を覆った。

寝落ちも死ぬほど最低だが、大切な人と年越しの瞬間を迎えたいと思っていたのにそれもできなかった。しかも起きたらすでに午前八時。ぐだぐだの新年のあいさつを交わし、茫然としつつ猛省しているうちに真嗣が朝食を作ってくれて、真嗣もこれから実家へ帰るというので「昨晩のやり直しを……」なんていう雰囲気にもならずにタイムアップだった。

蒼央はおもむろに顔を上げ、ポケットからスマホを取り出して、『セックス　途中で寝落ち』を検索した。噂《うわさ》には聞いたことはあるけれど、実際によくある事例なのか気になったのだ。寝落ち現象の有無もだが、とくに取り残された側の、世の中の人の一般的なご意見もお伺《うかが》いしておきたい。

女性の意見としては『眠くてしかたなくても、完全に寝たことはない』『一瞬寝たことはある。自分の寝言で目が覚めた』『彼氏がめげなかったので遂行《すいこう》されているうちに目が覚めて最後までした』などあり、七割近くが完全に落ちる手前で彼氏に起こされていた。

男性は『フェラチオをされているうちに寝てしまった』が圧倒的に多い。動いている側だから、そもそもパートナーの愛撫に身を任せることが少ないのだ。

――僕もそうされてる途中で爆睡《ばくすい》してしまいましたし……。

中でも興味深かったのは、寝落ちが原因でちょっとした言い合いになり「仕事が忙しかったんだからしかたないじゃない」と言い訳した彼女に、彼氏は内心で『仕事なんてみんな忙しい。

つまり寝るほどつまらないってことだろ？』と腹が立った――とのコメントだ。

それを読んで、蒼央はさあっと血の気が引いた。まさに今朝《けさ》、蒼央は真っ先に「仕事が忙しくて、寝不足だったし」と言い訳したのだ。真嗣は「もちろん分かってるよ。お酒も飲んだしね」と蒼央を気遣うように優しく言葉をかけてくれたが……。

――ああああっ、寝落ちした僕が言い訳することがそもそも間違ってんじゃないのっ？　たたき起こしてくれたらよかったのに、というのも逆ギレっぽくて自分本位な考えだし、それはさすがに言わなかったが、あそこは「ごめん」と謝るだけにしておくべきだったのではないだろうか。

――つきあって三年とかじゃなくて、僕たちまだ一週間だよ？　自分だけ出して寝落ち？　最低……とにかく最低すぎるっ！

しかもそのあとの蒼央は無言で猛省するばかりだった。失敗を笑いに変える、みたいな機転はきかない。ダメだったのはそれだけじゃなく、会えることを楽しみにしていたはずなのに、いざ会ったら相手に伝わってしまうほど緊張したりして。

――……だめ男の極《きわ》み……！

真嗣の優しさに甘え、彼のリードと行動力に頼って、「僕だって男なのに！」という妙な情けなさを感じてしまう。男だから女だからは関係ないとこのごろはよく見聞きするけれど、オスとしての本能的な部分でも人としても自分が平均より劣《おと》っている気がして「これでは愛想を尽かされるのでは？」という危機感を覚えるのだ。

——優劣や勝ち負けではない、って言われそうだけど。でもそういうのって理屈じゃなくて、感覚だから。相手の愛情をあまり感じられない、と思われたら終わりだから！

反省事項は尽きない。気落ちしたまま実家へ帰って、近々いとこと結婚するという彼氏と初対面し、親戚三家族で総勢十一人、祝賀ムードの団らんの端で蒼央はぼーっとしていた。

「蒼央くんはフランスからこっちに帰って日が経たないけど、どうなの？　いい人いるの？」

対角線上に座る叔父ににこにこと問われて、蒼央は緊張の面持《おもも》ちで顔を上げた。

禁止令が敷かれているのかというほど、これまで恋愛方面の話は振られたことがなかったのに、いとこの結婚でその禁がとかれたのだろうか。

「スーツオタクだなんて自称してたけど、蒼央くんももう二十七歳だし。南青山のタイユールって、もうその肩書きからしてかっこいいじゃない。モテそう〜」

問いかけてくる叔母もやけに楽しそうだ。一同が蒼央の答えを待って目をきらきらさせつつこちらを注目してくるが、蒼央の母親は「帰国して店もオープンしたばっかりでそんな暇《ひま》なさそうだし、蒼央だって何も変わってないわよ」と苦笑いしている。

——おかあさんの言うとおり、吉成《よしなり》さんと出会う前はいつも仕事のことで頭いっぱいで恋愛なんて考えもしなかったけど……。

真嗣とは以前から友だちだったわけでもなく、時間をかけてデートを重ねてもいない。出会ってまだ日が浅かったが、彼は決して性急でも強引でもなく、絶妙な力加減で押されて、まさに真綿でくるまれるようだった。蒼央のおぼつかなさを面倒がらずに、待ってくれた。

性的指向について世の中に理解が広がりつつあるとはいえ、今ここでそういうすべてを話しても「おおそうか、よかったな」と歓迎ムードにはならないだろう。いとこが連れてきた彼氏だって引くかもしれない。

もろもろを考えてから、蒼央はついに口を開いた。

「……彼女はいないです」

嘘ではない、という答え方をする以外になくて、精いっぱいの愛想笑いでなんとか取り繕《つくろ》う。

ここにいるみんなのためとはいえ、ここにいない真嗣を裏切っているような罪悪感は拭《ぬぐ》えないのが苦しい。

それから夜まで、久しぶりに会う親類がほとんどだからか話は尽きず……といっても、蒼央は自分から話題を振らないのでほぼ聞き役だ。

正月番組を見ながらみんなで談笑していると、真嗣からＬＩＮＥメッセージが続けて三つ届いた。やらかした気まずさと恋人関係にあるのを親類に隠した後ろめたさがあって、蒼央は名前を見ただけでどきっとする。

『明日の十七時から、知り合いのホームパーティーがあります。綿辺さんも来ませんか？』

『業界人の集まりです。スタイリストとかバイヤーとかディレクターとか。刺激にもなるし新しい人脈を広げるのにいい機会かなって。綿辺さんがそういうつきあいがいやじゃなければ』

『恋人を連れてくる人もけっこういるみたいだし』

つまり業界人との正式な顔合わせという堅苦《かたくる》しい意味合いじゃなく、知り合いが集まってのホームパーティーだから気軽に来たらどうだろうか、ということのようだ。

仕事以外でパーティーに誘われることがそもそも稀《まれ》なのだが、これまでそういう仕事外の文流を積極的にしてこなかった。でも店を任されているタイユールなのだし、こういう場面で「人づきあいは苦手なので」と尻込《しりご》みしてはいけないと思う。

――仕事じゃないから、いろんなしがらみも抜きで知り合える。吉成さんが垣根《かきね》を越えた仕事をしてるのも、そういうところに積極的に出て行ってできた人とのつながりで、どんどん広がったんだろうな……。

人脈のためばかりじゃなくて、いろんな見識を持った人たちと会えばクリエイティブな部分で刺激になる。それを踏まえて真嗣が誘ってくれているのだ。

しかし、『恋人を連れてくる人もけっこういるみたい』とは、どういうことだろうか。

――つまり……ついてったら＝恋人同士です宣言的な？

真嗣はこれまでも恋人ができたら知人友人に紹介していたのだろうか。

つきあっている蒼央ですら、真嗣の性的指向がゲイなのかバイセクシャルなのか、細かいことは知らないし、彼が周囲にカミングアウトしているかどうかだって聞いたことがない。

――彼を好きになるのにその辺は関係なかったとはいえ、僕は吉成さんのことをいろいろと知らなすぎる……。

真嗣からのメッセージを眺めて考え込んでいるうちに、気付けば十分近くが経っていた。『既読』がついているのだから、真嗣はきっと返信を待っている。

――どうしよう……。恋人だって紹介されるのがいやなわけじゃないけど……。吉成さんのお友だちのノリについていけなくて場の雰囲気を壊すかもしれないし……。

正直な話、男同士で恋愛してます、と堂々と宣言できるほどの覚悟みたいなものがまだ足りてないというのもある。蒼央にとって尻込みしたくなるような要素が多すぎて、「ぜひ、ご一緒したいのでよろしくお願いします！」とはなりにくいのだ。

でも真嗣が『恋人を連れてくる人もいる』と言っているのに「行きたくない」と返せば『恋人だと紹介されたくない』と彼は解釈しないだろうか。

――……だめだ。これどこにも『行かない』って選択肢《し》はないよ。

タイユールとしても、彼の恋人としても、いつもの引っ込み思案を言い訳にして許される場面じゃない。

①えっちの途中で寝落ち　②同性の恋人がいることを親類に秘密にした　③恋人の気遣いを無下《むげ》にする　④恋愛関係だとバラされたくないと彼氏に誤解される――こんなにだめだめ尽くしでは、破綻《はたん》街道まっしぐらだ。

蒼央はぐるぐると目眩《めまい》がしそうなほど考えたあと、『行きます』と短く返信した。

翌日、真嗣に案内されて来たのは世田谷《せたがや》の閑静《かんせい》な住宅街で、某大手通販会社社長の豪邸だ。通販事業のひとつとしてスタイリストやバイヤーとのコラボ企画なども行っているとかで、そこからのつながりらしい。

「社長は物づくりしている人やそれをつなぐ人たちを集めて楽しくやるのが好きな方なんだ。バイヤー、プレス、スタイリストとは、いつか何かでご縁があるかもしれない。倉敷《くらしき》デニムの職人、横浜のシャツ工房の社長、ネクタイの専門店をやってる人、ハンドメイドの靴職人とか、こだわり強い人がいっぱいいるからおもしろいよ」

蒼央はこくりとうなずいて、せっかく真嗣が誘ってくれたのだから何かひとつくらい成果を持ち帰りたい、と静かに決意した。

「誘ってみてよかった。仕事じゃないし、どうかなって思ったけど」

年をまたいでやらかしたとき、真嗣の口から今日のホームパーティーについての話題は出なかった。蒼央がそういう場に出るのがあまり得意じゃないタイプだと真嗣は知っているので、思いつきのダメモトで誘ってくれたのかもしれない。

「綿辺さんと一緒に来れてうれしいです」

ふいに耳打ちされ、間近で見る男前の顔にどきっとして心臓が縮む。病気を疑うレベルで異様に胸がばくばくするのは我ながら不可解だが、咄嗟《とっさ》に身体を硬くした蒼央に真嗣も驚いたようだ。

「今日も緊張してますね。だからって綿辺さんはあんまり飲みすぎちゃだめだよ。酔うとかわいくなるから」

「か……わいくは、ないと思いますし……いつもみたいな醜態《しゅうたい》さらさないようにします」

——僕はこれまで酔ったときに迷惑しかかけてないのに、吉成さんは優しい……。この人、酔ってもかっこいいもんな……。

今日も頭からつま先まで好みの彼が好みの服を着て現れたので、蒼央はそれからずっとそわそわとした気分だ。

——うしろ姿も抜かりなくかっこいい……トレンチコートが似合いすぎ……。

ぽわ～っと見とれていたら、真嗣に「綿辺さん、入りましょう」と呼ばれてはっとする。

対応に出てきた秘書の女性に手土産《てみやげ》を渡してアウターを預け、真嗣のうしろをついて進んだ。

今日の真嗣はホームパーティーということで、あまりキメすぎない上下別のジャケットとパンツスタイルだ。蒼央は仕立てたスリーピースを着用してきた。

ピアノの生演奏、ケータリングのビュッフェだけじゃなく寿司職人までいて、広いパーティールームで五十人ほどが談笑しているのを見ると、ここが住宅だということを忘れそうになる。

パーティーのホストであるこの豪邸のご夫妻に最初にあいさつをしてからも、ここにいる全員が友だちなんじゃないかというほど、真嗣はひっきりなしに声をかけられている。

その中で、スタイリストやデパートの外商、バイヤーなど、蒼央にとって仕事に直接関係のありそうな肩書きの人を引きとめ、真嗣が紹介してくれた。

トランプカードのように名刺を手にして、ふう、と息をついた傍から、また別の人が現れる。

「綿辺さん、こちらはパーソナルスタイリストをされてる臼井《うすい》さん。一般の方だけじゃなく、政財界の人が新作発表会や記者会見するときの服装をコーディネートするお仕事されてて」

スタイリストと言えば、芸能人、アパレル関係と仕事をしているイメージだが、そういった個人や一般企業から依頼を受けている人もいるとは聞いたことがある。

臼井はふたりより二回りほど年上のメガネの男性だ。

「あ、あぁ、骨董通りの？　お会いできて光栄です。ユニバースの岡広《おかひろ》さんがフランスから連れ帰った素敵なタイユールがいらっしゃるって、あちこちで噂になってました」

「岡広さん、とにかく『彼は俺が見つけた』アピールすごいですよね」

真嗣がそう言って笑うと、臼井も目尻を下げて「岡広さんがあそこまで男惚《おとこぼ》れしてるの珍しいから」と返し、蒼央には「これは相当だな、って思ったんですよ」と笑いかけた。

真嗣にはじめて会ったときもそんな話をしていた。店がオープンする前からエグゼクティブディレクターとして、『綿辺蒼央』についていろんなところでふれ込んでくれたのだろう。

「で、ふたりずっと一緒にいるの見てたけど、吉成くんと綿辺さんはどういうつながり？」

そう問いかける臼井の目つきや表情がどこか意味深だ。すると真嗣が「仕事で絡むのが続いて、仲良くなったんですよ」と即答した。

「あ、ちがうの？　そうじゃないの？」

臼井はこちらに気を遣うように小声で問いかけているが、真嗣ははっきりと「ちがいます」と繰り返す。

——今のは……「恋人関係に見えたけどちがうのか」っていう問い……だよな……。

聞こえてしまったものの、真嗣が否定しているのだし知らん顔するしかない。

恋人を連れてくる人もいる、というようなことを言っていたけれど、真嗣は蒼央のことをそういうふうには紹介する気がなさそうだ。

なんだかちょっと胸の端がちくちくとする。恋人関係にあると紹介されたりするかもしれない、とまったくもって勝手に、蒼央なりに心の準備をしていた。

——……僕だって親戚に話さなかったし……。

だから真嗣の対応を責める気はないが、目の前で否定されたから引っかかるし、もっといえばちょっとショックを受けているのだ。そんな心情になろうとは自分でも予想できなかった。

「ところでさ、話変わるけど、これ見て」

臼井がこちらへ背中を向け、ジャケットの裾《すそ》をぺらっと捲《めく》って見せてきたのは……。

「えっ、臼井さん、これどうしたんですか」

臼井のスラックスのヒップ部分、そのど真ん中が縫い目に沿って縦にぱっくりと裂けている。

「もうさぁ、びっくりだよ、さっき屈《かが》んだときに破けたんだよ、ジャケットで隠れるから分かんないかなと思ったんだけどさ。よりによって今日はセンターベントだし、見える？　よね？」

センターベントとは、ジャケットのうしろ見頃の中央に切れ込みが入っているデザインのことだ。まっすぐに立っていれば分からないが、階段や前屈みになったときなど、とくに背後の人には臀部《でんぶ》のそれが丸見えになる。臼井は「最近、年齢的なもので体型も変わってきたしさ」と笑っているが、このままでは気になってパーティーで談笑どころじゃないだろう。

「……もしよろしければ、ここで縫ってさしあげましょうか……？」

蒼央の申し出に臼井は「え？　今？」とメガネ越しに目を大きくしている。

「お召《め》しになっているスラックスは脱いでいただかないといけませんが、とりあえずバスタオルなどで下を隠していただくとかで。……二十分もあれば仕上がります」

「でもこれ、ほらよく見て。縫い目より数ミリ右に表地側のところが裂けてんのよ。縫い目ちょうどで破れてないからさ」

見ただけで腕のいいテーラーによるオーダーメイドと分かるし、縫い目で破れなかったのはしっかり縫製《ほうせい》されているためだ。臀部の骨が出ている人などはこすれる辺りの布地が薄くなり、ヒップのど真ん中で裂けたりする。

「だいじょうぶです。全体的に長さを出してのお直しではないので、簡単に、ですが」

「でも、道具は？」

「針と糸、指ぬきをいつも持ち歩いてます。生地のくせ取りが必要なので、アイロンをこちらでお借りできれば完璧《かんぺき》です」

自前のソーイングセットは、ポケットに入るサイズで革製のロールケースだ。他にまち針や糸を手早く切る際に使うリッパーも入っている。

この家のアイロンを借りているうちに、「なんだなんだ」と近くにいた人が集まってきた。パーティールームの隅っこで目立たないようにと思っていたし、あまり囲まれると威圧的《いあつてき》に感じて緊張してしまう。

真嗣が「ほつれをちょっと直すだけなんで」と目配せすると、「見られてたらやりにくいよね」とみんな気を遣って離れてくれたから、ほっとした。

臼井は借りたローブを羽織った格好で、蒼央が座るソファーに並んで腰掛けている。

「あの臼井さん、すみません。おしりの辺りから骨盤《こつばん》全体を、ちょっとさわらせていただいてもいいですか？」

蒼央が問うと、臼井が「はい、どうぞ」と立ち上がった。

「さわって分かるの？」

「通常、サイズはメジャーで測りますが、ちょっとしたお直しなので。筋肉量や肉付き、その動きを手の感覚で……。あと、一度深く屈んでください」

蒼央のお願いどおりに臼井が動き、もう一度両手でふれて、「分かりました」とスラックスを手に取った。縫い直しが必要な部分の縫製をリッパーでとき、裂けてしまった箇所をまず補強しなければならない。

「臼井さんは野球か何かされてましたか？」

「中学、高校、大学でピッチャーでした。今でもときどき草野球みたいなことを」

「そうと分かる体型です。本来はもう少しヒップラインの調整が必要ですが……この裂けた部分は縫い合わせて、うしろ見頃中央の縫い目の内側に入れ込んで見えないように仕上げます」

「つまり、詰めるってことだよね？」

臼井は今よりサイズが小さくなることを懸念《けねん》しているのだ。

このスラックスはオーダーメイドで、お直しを見越して縫い代を広く取ってあるため、そこを出して使う。

「裂けた右側を詰めて、左側の縫い代は今の状態よりゆとりをつけて少し出します。ウエストまで直していると時間がかかるので、あくまでも応急処置です」

そのときピアノの生演奏が軽快なリズムのジャズに変わったので、蒼央は顔を上げた。

いつの間にか蒼央の傍《そば》からいなくなっていた真嗣が戻ってくる。臼井のサイズを確かめ、ビスポークしている間に、真嗣が蒼央のために「アップテンポのジャズを」とピアニストにリクエストしてくれたらしい。

さらに、隅に置かれていたサイドテーブルを作業台の代わりにするため、真嗣が運んできてくれた。

「これ好きな曲です。テーブルもありがとうございます」

「曲のタイトルは分かんないですけどね。選曲はあのピアニストさんが」

ピアノの前に座る男性がこちらを振り向いてにこりと笑う。蒼央もそちらに会釈《えしゃく》し、即席の小さな作業場で針と糸を手にした。

美しい艶《つや》のあるウール&シルクの上質な生地だ。縦糸と横糸の布目を見て、どのラインに針を刺せばいいのか見極める。

——こういう、助けがいのあるお直しは楽しい。ピアノの生演奏で聴くジャズもいいな。

ここがどこだとかいうことは頭から抜け落ち、ジャズのリズムにのって針をさす手元だけが蒼央の世界になる。

それから二十分ほどで蒼央が繕《つくろ》い終《お》えて顔を上げると、目線の先にけっきょくちょっとしたギャラリーができていたから驚いた。

「おっ、完成ですか?」

蒼央がスラックスを「終わりました」と臼井に差し出すのと同時に、ギャラリーから感嘆の声と拍手が起こる。

臼井はじっと縫い目を見つめ、さっそくそのスラックスを穿《は》いた。それから腰を捻《ひね》ってみたり軽く屈んでみたりしたあと、目を瞬かせている。

「いい。動きやすい。仕上がりもきれいだし……とはいえ、これ応急処置なんだよね？」

「はい。全体的なお直しも必要だと思いますので、お仕立てされたテーラーにご相談ください」

「これ六年前に仕立てたものなんだけど、そこはもうなくなっちゃったんだ。綿辺さんとこに持ってってもいい？」

目をきらきらさせて問われ、蒼央もうれしい気持ちで「わたくしでよければ、ぜひ。お直しさせていただきます」と答えた。すると臼井は「彼、すごいね」と傍に立つ真嗣に軽く興奮した口調で訴《うった》える。

「魔法みたいな速さで縫うから完全にみとれてた。なるほど、岡広さんがあちこちに自慢して回るわけだわー。運針《うんしん》を始めたら顔つき変わるしさ。いやぁ、かっこいい！」

真嗣もうれしそうに「ですよね」と返している。

「名刺の番号に予約の電話入れたらいい？　年始の営業は何日から？」

「はい。お電話お待ちしております。年始は遅めで申し訳ございませんが、四日からです」

臼井は「ぜったい電話します。ありがとう」とあいさつをして離れた。すると今度は横から別の女性が現れ、「見てました！　かっこよかったです」と蒼央に声をかけてきた。彼女の顔を見て蒼央は「あっ」と声を上げる。真嗣のインスタに何度も登場している『吉成さんと頬を寄せ合って写っていた女性』だ。

「はじめまして。パタンナーやってます」

『室谷沙紀《むろやさき》』と記された名刺をさし出され、あわあわとしながら交換する。

「お噂はかねがね、おもに真嗣から。ね？」

彼女は真嗣を見上げて笑い、真嗣が「ついにご対面の実物の綿辺さん」と紹介した。

——『真嗣』。この人は吉成さんのことを好きなのかな……。

インスタにアップされていた画像でも仲よさそうに写っていたし、好意はあるかもしれない。

「綿辺さん、フランスに長いことこいらっしゃったんですよね」

「長いといっても六年ほどです」

「ちょっとお話をお伺いしたいな。飲みながら。あっちに座りませんか？」

蒼央は沙紀にぐいぐいと誘われ、真嗣は別の人に声をかけられて、ふたりはそこで離ればなれになってしまった。シャンパンが入ったグラスを沙紀に「飲めますか？」と持たされる。

「す、少しなら……。え、あ、あの、吉成さんが」

「あ、真嗣はいいの、いつもたっぷり喋《しゃべ》ってるから。今は綿辺さんとお話ししたいんです」

——ええっ、ちょ、ちょっと、吉成さん、あとでこっち来てくれるよねっ？

対人対話スキルが低いという自覚しかないので、ふたりきりでどうやって間を持たせればいいの？　という不安しかない。

しかし話し好きな様子の彼女から終始ぽんぽん質問が飛んできて、会話が途切れることはなかった。明るい話し方と、屈託《くったく》ない笑い方をする人で、蒼央の中の印象がずいぶん変わった。

――初対面だけど僕がどういうキャラだろうと関係ないってかんじで……人との距離感が驚くほど近い。好意云々《うんぬん》じゃなくて、こういう方なんだろうな。

真嗣との頬寄せ写真をはじめて見たときはショックだったし、今日も彼女と会った瞬間に腰が引けてしまったけれど、蒼央が一方的に誤解していただけだったようだ。

もともと彼女はパタンナーではなくモデリストになるのが夢だったらしく、どうやったらフランスのメゾンで働くことができるか、熱心に訊《たず》ねられた。だから蒼央が経験した範囲で、現実的にむずかしいと感じたことを伝えたうえで、厳《きび》しい世界で戦い抜いて成功している人もいるから、がんばってほしいと本心から励《はげ》ました。

「そっか。技術や才能を認められても、最後の最後に人種差別の壁があったりするんだね……」

「差別が根強くある上に、階級社会なんです。メゾンで働く縫製職人は縫製職人として一生を終えるんだとか、カッターが日本人の店なんか客が来なくなる、とまで言われました」

沙紀は顰《しか》めっ面《つら》でワインを飲みほし、「なんという時代錯誤《さくご》な」と怒っている。

「でもそれが現実だったんです。僕はなんとかカッターにはなれましたが、ライバルがたくさんいる中でヘッドカッターにはなれなくて。だから五年間修業をさせていただいたブティックの師匠は『そんなメゾンはやめて、自分で店を持てばいい』って言ってくれたけど、パリでアジア人がタイユールとして店を開いても……って。意気消沈《しょうちん》してたときに、日本でやらないかって声をかけていただいたんです」

「でも、無理って言われてたカッターにはなれたんだもんね」

「フランスで店を持つことができた日本人のタイユールもいます。だから、腐らずにがんばれるかどうかだと思います。最終的に勝てずに帰ってきた僕が言うのはおかしいですけども」

すると沙紀は「ううん、勝てなかったんじゃない。必要とされて帰国したんだから。尊敬します」と蒼央の健闘《けんとう》を讃《たた》えてくれた。

「そうだよね、飛び込んでみないと分かんないよね。『人種とか、年齢とか、言葉とか、数ある壁を自分なら越えられるはず！』って気持ちを持ってないとだめだよね！」

「フランスのメゾンで働くことが目標なら、やりきったと自分が思うまで闘ってほしいです。闘い抜いたあと、もし日本に戻ってくることがあっても、職人として成長できてるんだからプラスの結果しかないと思うんです」

「綿辺さぁん……そうだよね、そうだよ、きみの言うとおりだよぉ」

うるうると眸を潤ませている沙紀が、何度もグラスをかかげて乾杯してくる。感激すると乾杯したくなるらしい。

「だいぶ酔ってません？」

「蒼央くんはお酒たりないんじゃないっ？」

蒼央のことを名前で呼び始めるし、ウエイターを捕まえてしっかりおかわりのグラスを取ると、またこちらにも渡してくる。

「いえ、僕もけっこう沙紀さんに飲まされて……」

「かわいい顔して言うわね。あっ、かわいいっていうか、ほんときれいな顔ね～つるつるで」

指で頬をぷにぷにされて、蒼央が「え……えっと……」と困惑の笑みを浮かべたとき。

「こーら、沙紀さん。綿辺さんはおさわり禁止ですー」

背後からあられた真嗣にぺりっと引き剝《は》がされて、沙紀が「彼、ほんとに素敵」と蒼央を褒めた。

「六年もひとりでだよ、何かとハードルの高いフランスでがんばったんだよ？　才能だけじゃなくて、すごい根性あるよ。闘ってきただけあって、自分の世界を持ってるよ」

「でしょ？　だから言ったの。会って喋ったら惚れるよって」

「あっ、真嗣も惚れたんだ？」

沙紀のストレートな問いに真嗣は一瞬真顔になり、蒼央も内心でどきどきしながら彼の答えを待つ。

「はいはい。あっちにおいしそうなデザートが増えてたよ。一緒に取りに行く？」

真嗣が答えをはぐらかしたことに気を取られていたところで「綿辺さんもプチケーキ食べキ

すか？」と問われた。

「あ……はい……」

また胸がずきずきする。真嗣に「恋人じゃない」と堂々と否定されているみたいで、さみしい気持ちになる。

――僕だって人に言えなかったし、分かってる。

分かっているけれど、何度もそういうシーンに遭遇《そうぐう》するのはけっこうきつい。

三人でデザートを食べはじめたときに、さっきの即席テーラリングを見ていたという別の人たちに声をかけられ、フレンチスタイルのスーツについてかわるがわる質問された。

三時間あまりがあっという間にすぎて、帰り際には「綿辺さん、今度ごはん行きましょう」と何人かに声をかけられたから、真嗣も驚いている。

ホームパーティーのホストにあいさつをして、外へ出たときはもう二十一時だった。

「四時間近くいるとは思わなかったなぁ。途中で綿辺さん連れて出るつもりでいたからさ」

「僕も、いろんなことが想定外でした……」

ひっきりなしにお酒が出てきたのでそこそこの量を飲んでいる。最後は烏龍茶《ウーロンちゃ》をいただいて薄めたつもりだが、頬がぽかぽかしているので、あまり意味のないその場凌《しの》ぎだったみたいだ。

「でも……楽しかったです……」

派手な人たちと仲良くできる気がしない、と以前は真嗣が行くようなパーティーに対して否定的だったが、『吉成さんと頬寄せ写真』の沙紀も、話してみると夢を追っているまじめな女性だった。

「ほんと？　よかった。俺も予想外でしたよ。『吉成さん、僕を放っておかないでー』ってかんじの綿辺さんを想像してたんだけどな。沙紀さんとフランス時代のこと話し始めた辺りから、ちょっと俺のこと忘れてたでしょ」

「お話し上手《じょうず》な方で、よかったです。溌剌《はつらつ》としてて、とても素敵な女性ですね」

夜の住宅街に、ふたつの革靴《かわぐつ》の音がこつこつと響いている。

「……僕、誰もいない歩道に響く、この革靴の音が好きです。空気が冷えてて寒いけど、気持ちいいな……」

「綿辺さん、すごく酔ってるから」

「そうですか？」

「酔うとかわいくなるの、無自覚だよね。そんなふうににぱにぱ笑って、かわいい顔、いろんな人に見せてさ。素敵、素敵って言われてさ」

「にぱにぱ……？」

真嗣が困ったような顔で蒼央の手を掴んで急に立ちどまったので、蒼央はつんと糸が張るように引かれてとまった。真嗣は口を引き結び、無言でこちらを見つめている。

どうしたんだろう、と思ったときには建物と建物の間に引っ張り込まれ、真嗣に抱きしめられていた。

「……吉成さん？」

「だってさぁ……綿辺さんは俺のなのにさぁ。何もー、いろんな人と仲良くなっちゃってんのーって思ってさ……」

真嗣もかなり酔っているのではないだろうか。

でも、蒼央なりに『タイユールとしてがんばらねば』との気持ちで来たし、いろんな人を紹介してくれた真嗣の顔を潰《つぶ》さないようにしなきゃと緊張もしていた。本当はスタイリストとして、同じ業種で競合する他のスタイリストは紹介したくなかったかもしれない。でも真嗣はそういうこだわりを呑んで、パーティーに誘ってくれたに違いないと思うのだ。だから自分の拙《つたな》さで、彼の想いを無駄にしたくなかった。

「吉成さんが友だちだって紹介するから、みんなと仲良くしなきゃって思ったんじゃないですか……！」

なのに、本心の部分ではなく、なぜかそんな言い方をしてしまった。

――……なぜか、も何も……僕のことを『彼は友だちです』って吉成さんに紹介されるたびに、もやもやとずきずきが増えてったからだ。

結果的にいろんな人たちといい雰囲気で話ができたが、それは蒼央が積極的に行動したからではない。やっぱり相手のノリやリードがあったから、なんとかなったというだけだ。

抱きしめられているのにさみしい気持ちでいっぱいになって、蒼央は思わず真嗣の胸を強く押し返した。

「――……」

「……綿辺さん……？」

ひゅう、とふたりの間に冷たい風が吹き荒ぶ。

いっぺんに気まずい空気が満ちて、蒼央はうろたえた。返した言葉としては最悪だったと思う。それは分かるが、頭が真っ白になり、どうしたらいいかがまったく分からない。

だからもう、ここから去る、といういちばん手軽な逃げ道に蒼央は駆け出そうとした。

「か、帰っ……」

「だめ。帰らせない」

真嗣に再び腕を摑まれて、強くひきとめられる。

「今の何？　綿辺さん、どういう意味？」

入り込んだ建物の陰だからよけいに暗くて、その瞬間の真嗣の顔が見えない。

怒ってる――としか思えない口調で真嗣に問われ、蒼央は身が縮んだ。

「……おこっ……」

「怒ってないです。びっくりしただけで」

おだやかにそう言われて真嗣の表情を窺《うかが》い見《み》ると、たしかに、少し悲しげな相貌《そうぼう》だけど彼が言うとおり怒っている様子はない。

でも蒼央の発言で、彼がひどく困惑していることに変わりはない。

「綿辺さん、お願いだから……こんな状況で、すれちがったまま帰らないでください」

お願いと言いながら、真嗣の声には揺るぎのない強さがあって、蒼央の中の逃げたい気持ちは完全に引っ込んだ。

でもふたりが入り込んでいるのは、家と家の間にある細い路地だ。夜は声が響くので、ここで話し続けると迷惑になってしまう。

真嗣も同じ考えのようで、辺りを気にして「とにかく、移動しましょう」と腕を摑まれた。

4

タクシーを捕まえ、気まずい空気のまま移動した先は真嗣《まつぐ》のマンションだ。

そもそも真嗣は、パーティーに喜んで行きたがるとは思えない蒼央《あお》を誘うことから迷った。でもこちらが勝手に人の気持ちを推《お》しはかって「行きたくないかも」と気を遣うのではなく、決めるのは彼だと思ったので、えいっと誘ってみたのだ。

――綿辺《わたべ》さんにとって仕事でプラスになるつながりが増える機会だと思ったのと、単純に俺が綿辺さんに会いたいのもあったし……。

実際に蒼央はいろんな人と知り合えたようだった。意外なほどに楽しそうにしていたし、誘ってよかったな、と心から思った。

――まぁ……、俺もまだ詳《くわ》しく知らない綿辺さんのフランス時代のことを沙紀さんと話してるの聞いちゃったから、ほんのちょっと悔《くや》しい気持ちになったりはしたけど……。

蒼央が人種差別の壁に阻《はば》まれた結果ヘッドカッターになれなかったというのは、ちょっと衝撃だった。

部屋に着いてすぐ、蒼央とソファーに向き合って座り、「まず……」と真嗣が話し始めた。

「俺が、いやな言い方したんだ。ごめんなさい。綿辺さんはタイユールとしてがんばってただけなのに、『綿辺さんは俺のなのに』とか『いろんな人と仲良くなっちゃって』とか、くだらないこと言ったから……すみません……」

項垂《うなだ》れるようにして謝ると、蒼央が「僕のほうこそ……」とそのあとを続けた。

「吉成《よしなり》さんがせっかく誘ってくれたんだし、僕の拙さでチャンスを無駄にしたくないなって思ったから、がんばったんです……。『吉成さんが友だちだって紹介するから、みんなと仲良くしなきゃって思った』なんて、ちがいます……あれはなんていうか、当てつけみたいなもので……だから、僕のほうこそ……ごめんなさい」

「当てつけみたいなもの、って？」

「吉成さんに『彼は友だちだ』って何度も紹介されるたびに、すごく、さみしいっていうか、悲しくなった……から、です」

仕方なかったとはいえ、何度もいやな思いをさせてしまったのに変わりはない。

真嗣は「ごめん」と謝って蒼央の手を取った。しかし蒼央はなおも困った顔をしている。

「あの……吉成さんがパーティーに誘ってくれたとき、『恋人を連れてくる人もいる』って書いてあったから、僕はそういうふうに紹介されるのかなって、勝手に思い込んでたのもあったからよけいに、です。僕の早とちりです」

「あ……あぁ……そっか。ごめん、あれはほんとに、そういうふうに気軽に自分の知り合いを連れてくる人もいるから気負いなくどうぞ、って意味で」

そういうふうに勘違いさせたために、ことさら蒼央はもやっとしたのだろう。

「……あの場では『友だちだ』って紹介するしかなかったからですよ。仕方なく、です」

「はい、……分かってます」

分かっていても、傷つくというのも理解できる。ああいう場所に連れて行く前に、その辺りのことをもっと話しておくべきだった。

「吉成さんのことになると、僕はなんでこんななんだろ……すぐ拗《す》ねるし。いつもは、こんなじゃないのに」

蒼央がぼそぼそとぼやく。真嗣は少し笑った。

「もう少し話します。俺はごく仲のいい友だちにはカミングアウトしてて、これまでは指摘されれば自分の性指向について隠してきませんでした。でもそれは自分のことだから。綿辺さんには綿辺さんの生活と仕事ともろもろがあるんだし、俺の考えに巻き込んじゃいけないと思うんだ。だからパーティーでは、とりあえず綿辺さんとの関係を『友だちだ』って答えました」

そういえば自分の性的指向について、蒼央に明確に話したことはない。彼に訊かれなかったというのもある。

「今さらの報告ですけど、俺の恋愛対象は男性だけです」

「え……えっと……僕は、なんだろ……僕の恋愛対象は、吉成さんだけ……かな?」

蒼央が自分で困惑しながらそう言うのがかわいくて、うれしくて、真嗣は思わず笑みをこぼした。

「なんか俺たち、ほんとに大事なこと話してなかったね」

「というより……僕は吉成さんの性的指向がどうなのかは、あなたを好きになるのに関係なくて、ほんとに吉成さんそのものを好きになったから。だから、吉成さんが、同性の僕を好きになってくれてよかったです」

でもやっぱり、こうして話すことで聞けなかった言葉を直接聞けたのは大きい。

「僕も……お正月に実家へ帰ったとき、いとこの彼氏とかいっぱいいる中で恋人の有無《うむ》を訊かれて……それで……『彼女はいない』って答えました……。だから、ちょっと意味はちがうけど、吉成さんがそう答えたわけも、ちゃんと分かります」

「心は痛いんだよ。綿辺さんとは友だちだって嘘を言うたびに、ずきずきしてる」

「はい……僕も、吉成さんを裏切っているような、すごく悲しい気持ちになりました」

これから何度もそういう場面があるだろうけれど、今はもうふたりが互いの気持ちを分かったからそれでいいし、乗り越えられると思う。

「みんなが『素敵だ』って騒いでる綿辺蒼央は、俺の恋人だってほんとは言いふらしたい。俺のすごい彼氏を本当はもっと人に自慢したいし、誰彼かまわずぶっちゃけたい」

「言ってくれてもよかった」

蒼央のその言葉に、真嗣は首を横に振る。

「それ、いちばんやっちゃいけないやつ。綿辺さんとの関係を秘密にしたいわけじゃないけど、綿辺さんの仕事や店や立場を考えたら、男とつきあっていることはできるだけ隠しておくべきだと思う」

真嗣は、高級オーダーメイドスーツを着こなすような年齢層高めの人の中には、そういう部分で保守的な人間も多いから、とその意味を補足した。

「頼まれもしないのに私生活をわざわざオープンにして、差別を受けるリスクを、積極的に負う必要はない。そりゃ自分自身の性的指向を公言して堂々と社会生活を営《いとな》む人もいるよ。それは彼らなりの考えがあってだし、反対だってしないけど、それをしない側にも理由がある」

残念だが、差別はどこにでも潜《ひそ》んでいる。フランスで蒼央が「メゾンで働く縫製職人は縫製職人として一生を終える」「カッターが日本人の店なんか客が来なくなる」とひどい言葉を浴びせられたことがあるように。

「どんなにがんばっても理解してもらえないことは多くて、足掻《あが》けばぜったいに伝わるってわけでもないし。そういう考えの人とぶつからないようにするのも、賢い生き方だと思う。時間をかけるべきはそこじゃないんじゃないかなって」

「はい……」

「家族にどう説明するかは……そのときが来たら、ちゃんとふたりで話しましょうよ」

真嗣の提案に、蒼央はこくんとうなずいた。

「他には？　もやもやすることない？」

優しく問うと、蒼央は「いいえ」と首を振る。

真嗣は「はぁ……」と安堵《あんど》のため息をついた。

「もう〜……びっくりしたぁ……。綿辺さん、ほんと急にガラガラガシャーンってシャッター下ろすからさぁ……心臓に悪いです」

「話しあうことから逃げようとして、ごめんなさい……」

「綿辺さんが今ここにいてくれてるから、いいです」

互いを見つめ、真嗣のほうから蒼央に向かって「ハグ、しよう」と両手を広げる。

蒼央がおず……と膝を進め、ソファーのちょうど真ん中辺りで真嗣の腕の中に収まった。

「綿辺さんにこんなふうにさわれるの、俺だけだよね」

「……もちろんです」

「でも、綿辺さんが新しい人間関係をつくることや、行動を、俺が制限したいわけじゃないんだ。『いろんな人と仲良くなっちゃって』なんていじわる言ったけど、つまんないやきもちです。あとは俺の気持ちの落とし所の問題なだけで。だから綿辺さんは気にしなくていいからね」

真嗣は手で蒼央の背中をさすり、もう一度、今度は優しく抱きしめた。すると蒼央も真嗣と同じように背中にしっかりと手を回してくる。

「あぁ……圧倒的にたりてない。だからこんなしょうもないことで不安になるんだ」

「……たりてない？」

「綿辺さんが、俺の中にたりないんだ」

少しだけ身体を離し、間近で目が合ったら、そのまま吸い寄せられるようにくちづけていた。重なってすぐに、蒼央のくちびるの隙間に舌を潜《もぐ》り込《こ》ませる。その熱っぽい口内をなぶると、蒼央も舌を絡ませてきた。

「……んぅ……」

深く重なり、舌の側面をこすり合わせるのがひどく気持ちいい。蒼央も喉の奥で声をもらしている。

息苦しいほど昂《たかぶ》って少しくちびるを離したけれど、今度は蒼央のほうから顔を傾けて押しつけてくる。

とても懸命に気持ちを伝えてくるようなくちづけに、真嗣も熱くなった。

「わ、たべさ……」

「好き……です、すごく。なんだか、僕は、前よりずっと、吉成さんのことを好きになってる気がする……」

「前より……？」

「クリスマスに、吉成さんに好きって言ったときより、です」

言われていることはうれしいけれど、「やっぱりね！」とも「そうだよね」ともならない。

どちらかというと、驚きのほうが大きい。

「俺といても綿辺さん、ずっと緊張してるよね。今日もだったけど、年末もだよ」

だから少なからず、そこに距離を感じていた。蒼央の身体から発される緊張感を察知して、本当は自分とこんな関係になったことを多少「早まったかも」なんて思ってないだろうか、という不安がふっとよぎるほどだった。

「今も……緊張みたいなものは、あります。緊張っていうか……どきどきっていうか……なんだろ。吉成さんのことを意識しすぎてるかんじ……？」

「……意識しすぎ？　それ、どういう状況？　つきあってんのに？」

「好きな人が傍に来ると、どきどきして舞い上がって、意識するかんじ……かな。だからいやな緊張じゃなくて、吉成さんを好きすぎるあまりに意識してただけっていうか。好きになってから、恋してるみたいな……」

「好きになってから、恋……ですか」

ようやく自分にとって適当な言葉を見つけたのか、蒼央は「そうです、僕は、吉成さんをすごく意識してたんだ」とほっとしたような表情だ。

「いい年した大人なのに……中高生でもあるまいし、そんな気持ちになるとは思いもしなかったんですけど。はじめての恋なので、こういう僕の拙さは、仕方ないってことにしてくれませんか」

「…………」

うれしすぎると、唖然《あぜん》となるものだ。

真嗣はすぐに言葉を返せずに、蒼央のてれ笑いに釘付《くぎづ》けになる。

「変な態度になってて、困らせて、すみません……」

見つめあったあとは、蒼央のほうから身体を寄せてきて、真嗣の肩口にこてんと頭を預けた。

「今日も、吉成さん……かっこいいです。言い合いになったら僕はすぐに逃げ出そうとしたけど、すれちがったまま帰らせない、って言ってくれたことも」

以前の自分なら「あした早出だし」と追いかけたりしなかった。でも早起きだろうが、海外出張だろうが、自分のための数時間を削って蒼央のために使うことになんのためらいもない。

「綿辺さんのこと、ふたりの関係を、大切にしたいだけだよ」

「……ほら、かっこいい」

「普通のことしか言ってないけどなぁ？」

ほほえんで見つめあい、軽くくちづける。何度もくちびるを合わせているうちに、蒼央が真嗣の首筋に両腕を巻きつけた。

「かっこいい吉成さんと、早くデートがしたいです」

「綿辺さんが仕立ててくれたスーツでね」

「それまで待てないし、本当はもっと会いたい」

「俺も」

「とりあえず、近場でいいから一緒に初詣《はつもうで》に行きたいです。おみくじひいて、甘酒飲んだりして……あ、商売繁昌《はんじょう》の祈願をしないと」

「いいね。行きましょう」

具体的なデートプランにまで話が及んでいる中、蒼央は腕に力を込めてますます真嗣に抱きついてくる。

「今、僕……すごいこと思ってます」

「えー、何？」

蒼央が少し腕の力をゆるめ、一度しっかり目が合ったのに、はにかんで目線を逸《そ》らされた。

「……綿辺さん？」

「……吉成さんに抱かれたいなって。なんだかすごく、そういう気分です」

「…………」

とんでもなくて、声もでない。頭がわっと一瞬で沸き立った。

てれ笑いの蒼央を抱き寄せて、くちびるをふさぐ。

不安や、もやもやや、内側にたまっていたものが白い光に呑み込まれていくようだ。

深くくちづけながら、真嗣は蒼央の身体がしなるくらいに強く抱きしめた。

5

リビングで仲直りして、どちらからも服を脱がしあいながらベッドになだれ込んだ。

あのクリスマスの翌日から今日まで、真嗣《まつぐ》とのセックスを頭の中で何度反芻《はんすう》しただろうか。

こうして実際に受ける刺激は、そんな妄想を遥《はる》かに凌駕《りょうが》する。

脚を大きく広げさせられた格好ということより、ふたりがつながっているところに興味を奪われ、蒼央《あお》は息を呑んでそこを見つめた。真嗣のペニスをなんの抵抗もなく、自分の身体が受け入れているのが不思議だ。

「……入ってる……」

上擦《うわず》る声で蒼央が茫然とつぶやくと、真嗣が少し笑って、「さっきから何回も出たり入ったりしてますけど？」とわざと見せつけるようにしてくる。

「ふちが捲れるかんじで、先っぽで、こんなふうにくちゅくちゅ音が出るまでされるの、好きだよね」

「あー……あぁ……やぁっ……」

「こんなの恥ずかしくて、気持ちいいもんね。いっぱいしてあげる」

蒼央は卑猥《ひわい》な音と一緒にそこから湧き上がる快感に没頭したくて、目を瞑《つぶ》った。

ひたすらに突き込まれ、掻き回されると、ゆるんだくちびるから声がとまらない。

「綿辺《わたべ》さん、気持ちいいって顔してる……つながってるとこもとろとろだし……」

快楽を享受《きょうじゅ》して、だらしなくとろけた顔をしていると自分でも分かる。分かっていても取り繕えない。ぜんぶ見せて、見られて、それでもいいと思えるのは相手が真嗣だからだ。

もっと彼とくっつきたい。ぴったりとつながりたい。

「吉成《よしなり》さ……も、っと……ふか、深く」

「うん、あと少しね」

今度はホールドされた格好で腰だけ振られて、抱擁《ほうよう》されるうれしさと気持ちよさと、少し深いところまで粘膜をこすられる快感がいっぺんにくる。

内腿《うちもも》がぶるぶる震えるほど感じて満たされてもなお、欲張りな自分をとめられない。

「吉成さん、いちばん奥に……」

「奥はまだ早いよ」

すぐにダメ出しされて、蒼央は「なんでぇ……？」と腕で顔を覆った。

もっと奥がある、と最初に知らされたまま、おあずけの状態だ。蒼央が慣れたら、というようなことを言われて、今日がやっと二度目、通算してもまだ三回目。

――あと何回、すれば……。

なんだかふたりの関係がいつまでも未完成なような、最高地点に到達していないような、そんなものたりなさを感じてしかたないのだ。

「奥は慣れないと気持ちよくないし、痛かったら、ヤじゃん？」

「でも、でも……あぁっ……」

真嗣の硬く反《そ》ったペニスで深く浅く、とめどなく揺さぶられ続けて、今この瞬間、快感で頭の芯まで痺《しび》れている。

「俺は綿辺さんを大事にしたいの。死ぬほど気持ちよくしてあげたいんだよ」

真嗣の動きがとまって、蒼央はそっとまぶたを上げた。目が合うと、真嗣に優しいまなざしで見つめられる。

「……吉成さんは……気持ちい……？」

想われるばかりで、真嗣自身はどうなのか気になった。すると真嗣は「気持ちぃよ」ととろけた笑みを浮かべ、蒼央にくちづける。そのしあわせそうな表情に、きゅんとさせられた。

「よすぎるから、こうしてときどき小休止して、暴走しないように、イかないようにたえてんの。綿辺さんと一秒でも長くつながっていたいし」

そうしてまた、凪《な》ぎの海に浮かんだ小舟に乗ったみたいに、ゆったりと揺らされる。

でも手加減とか、遠慮とか、そういう優しさもうれしいけど、真嗣の剝きだしで熱くて痛いような本当の部分を感じたい。充分しあわせなのに、そんな欲深い自分を思い知る。

浅い位置にある胡桃《くるみ》を捏《こ》ねられて、とたんに思考力を奪われた。本音は言えないまま、蒼央は真嗣がくれる快感の波に呑まれる。

快楽で頭がふやけるほどひとしきり抽挿《ちゅうそう》されたあと、「うしろからしよ」と身体をひっくり返された。

臀部のあわいに硬茎をこすりつけられて期待感をたっぷり煽《あお》られ、焦《じ》れる限界のところで真嗣が蒼央の中に入ってくる。

「あ――……っ……ん……！」

びくびくと腰が震え、蒼央は浅い呼吸で喘《あえ》いだ。

前からつながったときと、うしろからそうされたときでは、真嗣の先端がちがうところにあたる。入ってきた瞬間の生々《なまなま》しさと快感で、太ももの内側がざっと粟立《あわだ》つのが自分でも分かる。

「綿辺さん、もう少し、腰上げて……ん……そう……そのまま……角度平気？　痛くない？」

蒼央はこくっとうなずいた。軽くおしりを突き出したようなポーズが恥ずかしいけれど、こうすると彼のペニスの大きさと硬さを、内壁ではっきりと感じる。

「……ん……は……っ……」

背後で真嗣が気持ちよさそうに呼吸を乱すのが聞こえて、蒼央はそれにもひどく昂った。

ごく浅いところを柔らかに掻き回され、真嗣のペニスの先端が何度も出たり入ったりして、そのたびにいやらしい音が響く。

「……んっ……綿辺さん……バックのほうが感じてる？」

「……あっ、……っ！」

「綿辺さんの中……めちゃめちゃとろとろで、気持ちい……」

すると徐々に真嗣の腰遣いが速くなって、蒼央は枕《まくら》に縋《すが》りついた。

彼が言うとおり、内壁で受ける快感がやけに濃厚になっている気がする。

「あ、んっ、あぁっ……！」

激しい抽挿に声がとめられない。目を瞑り、枕に顔を押しつけて、嬌声《きょうせい》を吸い込ませる。

「イきそ？」

「……出、そうっ……」

「出る、じゃなくて、『イく』って言って」

言ったことないし、『イく』なんて女の子のセリフじゃないんだろうか、と思うから、ひどく恥ずかしい。蒼央は、いや、と首を振った。

「あ、あっ……前もっ……」

ペニスをこすられないと出せない。それは『イく』じゃない、とも思う。

背後から深く覆い被さってきた真嗣にくちづけられ、弾《はじ》ける寸前のペニスを手淫《しゅいん》されながら、後孔を気持ちいいと感じる絶妙な深さまで犯された。

両方からくる快感に突き上げられて、甘ったるい声が勝手に飛び出してしまう。

女の子みたいなセリフは恥ずかしいのに、そういう声を上げているのだから、今さらなのに。

――いちばん奥まで吉成さんとぜんぶつながったら、『イく』のかな。

背筋を震わせながら蒼央が吐精《とせい》すると、そのときの蠕動《ぜんどう》に逆らえなかった真嗣も中で果てた。

「――っ……！」

ふたりして崩れるようにベッドに脱力する。

真嗣が蟀谷《こめかみ》と頬にキスをくれて、身体のつながりをといた。それでもぞくぞくするような快感がしばらく続いて、蒼央はうつぶせのまま動けない。

全身が重く、頭の芯までカラメル色のはちみつがどっぷりと染み込んでいるような気がする。

――あれ……なんだったっけ……ナッツが漬《つ》け込《こ》まれた……あぁ、あれだ……。

「……はちみつのマリナード……」

ペットボトルの水を飲んでいる真嗣が「はちみつ、何？」と問いかけてくる。

「マリナード……。ローストしたアーモンドやクルミを……はちみつに漬け込んで瓶詰《びんづ》めしたものです……。なんか、僕の頭の中……あれみたいになってるなぁって思って……」

真嗣が戻ってきて、蒼央の髪にキスをした。彼が動いた振動で、ベッドがゆらゆらと揺れる。

「はちみつのマリナードになっちゃった気がするくらい、気持ちよかった、ってこと？」

そう問う真嗣はやけに楽しそうだ。その顔も男前だから、ずるいなと思う。

まだ身体の奥が疼《うず》いて、蒼央はシーツに顔をすりつけたまま小さく「すごく」と答えた。

「よかった。やっとこんなふうに、やわらかくなってくれて。肌のさわり心地までちがう。

ちょっと前まで、ぴんって緊張の糸が張り巡《めぐ》らされているかんじがしてた」

そんなふうに優しいまなざしで見つめられたら、また胸がざわざわするけれど、いつもみたいには硬くならない。快感でふやかされて、どこにも力が入らないのだ。

「緊張じゃなくて、意識してたから……」

蒼央がそっと手をのばすと、真嗣がつないでくれた。彼がふれているところは、指も、手のひらも、手首の内側だって、気持ちいい。

「こういうかんじが当たり前になるくらいまで、ほんとは綿辺さんと毎日したい」

「毎日……？」

「店のクローズ時間に待ち構えて、綿辺さんをそのまま連れ帰って――……って妄想してる」

蒼央がクローズ時間に帰ることなんてほぼないので、その妄想が実現しないことはきっと真嗣も分かっている。

「そんなにえっちばっかりしたがる男、綿辺さんはいやかなとか思うし」

「いやだとは思わないですけど……現実的じゃないってだけで」

真嗣ほどではないかもしれないが、次はいつかなと考えたし、あの寝落ちした日は本当に最低だったけどする気まんまんで、今日だってそのつもりで来た。

――毎日するのが現実的じゃなくたって、僕も妄想くらいはするし……。

つないだままの指をくすぐられるだけでも、さっきまでの行為にすぐに頭が逆行しそうだ。

――……まだ、揺さぶられてるかんじ、する……。

硬く屹立《きつりつ》したもので内側をこすられる感覚を身体がはっきり覚えているから、追体験で背筋にぞくぞくっと甘い痺れが走る。

「……ん……」

息苦しくて、つないでいた真嗣の手を放し、蒼央は枕《まくら》を抱きしめてそこに顔をうずめた。

一度吐精したのに、性懲《しょうこ》りもなく腰の辺りがまた重くなってくる。

蒼央は戸惑った。自分はこんなにやらしい男だったんだろうか、と。自慰《じい》だってするけれど、何度もこんなふうになったことがない。好きすぎて、身体までおかしくなっただろうか。

「どうした？　どこか痛い？」

真嗣は的外れに心配してくれているが、どこか痛いのかと訊かれれば、胸やら、あそこがじんじんしてしかたない、ということくらいだ。

「……ふぅ……」

こらえきれずに鼻を鳴らしてしまうと、それで彼が気付いたようで、熱をためて膨《ふく》らむ蒼央のペニスや陰嚢《いんのう》に手をのばして、じれったいほどゆるゆるとなでてくる。

「――っ……」

爪が陰嚢をゆるく引っ掻き、少しサディスティックなのに、蒼央はそれにひどく感じてしまった。一瞬で硬くなったので、真嗣もちょっと笑っている。いくらもしないうち、その先端が蜜《みつ》で濡れるのが自分でも分かった。

わずかな快感にもとろけていく蒼央の表情を、真嗣は自身の腕枕で、何か高みの見物でもするように眺めている。

「よし、なりさん……」

「……もっと？　ここいじってほしい？　さっき出したばっかだから、出ないかもよ？」

蒼央はだらしなくゆるみそうな口元を手で拭《ぬぐ》った。

「……して……ほしい」

小さく返した直後にベッドがぐらりと大きく揺れ、真嗣が背後からのし掛かってくる。

「俺も、綿辺さんの中に入りたいな。していい？　うしろからされるの好きだよね。さっきもすごく気持ちよさそうだった」

無邪気で楽しげな声だ。

大きな手でペニスを包んでこすり上げられ、蒼央は苦しい呼吸の途中でうなずいた。

こんなに際限なく、自分の中が誰かでいっぱいになりたいと思うのは生まれてはじめてだ。

真嗣がくれる濃厚な快楽に耽溺《たんでき》したい。わがままを許してくれるなら、もっと奥深いところまでつながって、あふれるくらいまで充《み》たしてほしい。

ぐらぐらと揺らされ続けているうちに思考が混濁《こんだく》し、そしてまた、蒼央はカラメル色のはちみつに頭までダイブした。

6

真嗣《まつぐ》は床にぐしゃぐしゃに脱ぎ散らかしていた服を拾って傍の椅子にまとめて置くと、蒼央《あお》の隣に滑り込んだ。蒼央は眠っている。二回目のえっちのあと、寝落ちしたのだ。

――とにかく、寝落ちするタイプだな。

もう、それすらいとおしいので、ぜんぜんかまわないのだが。

蒼央の店はあしたまで休みのはずだから、このまま泊まらせてもいいはずだ。真嗣は仕事の予定が入っているので、ちょっと早めに起こせば問題ない。

真嗣は明日の予定について書かれたメールを確認し、スマホをサイドテーブルに置いて、蒼央の寝顔を眺めた。フレンチスタイルのスーツに合うように整えられていた少し長めの前髪がだいぶ乱れているけれど、このナチュラルなかんじも色っぽくていい。

俺がこの人とつきあえたのは奇跡なんだろうな、と真嗣は思う。

不釣《ふつ》り合《あ》いだなんて卑下《ひげ》したくないけれどそれほどに、蒼央の才能や、資質や、人づきあいが苦手で会話下手《べた》だと言いながらも、本人が思っているより本当はうまくやれていることも含めて、彼は今よりもっと高く羽ばたいていくんだろう、と容易に想像できる。

置いて行かれるくらいならこっちから逃げるとか、彼と釣り合わないから自分は身を引くとか、そんなふうにはぜったい思いたくない。思わない。

蒼央は「好きすぎて、意識しすぎなんです」なんてかわいいことを言ってくれるような、最高の恋人だ。彼にとって自分も負けないくらい、最高の恋人になりたい。

だがしかし。恋人が最高すぎるので、具体的にどうすりゃいいの、という状況だ。

——綿辺《わたべ》さんの中でイケてる男の最高水準は、あの碧眼のイケオジのタイユール、ムッシュ・リュカ・デュナンなわけだろ?

蒼央本人がそんなふうに言ったわけじゃないが、真嗣はそう思っている。

真嗣はもう一度スマホを手に取って、パリのサンジェルマンにあるという、タイユールのブティックをブラウザで検索した。フランス語で表示されるウェブサイトに掲載された彼の経歴や受賞歴を見ただけで、格が違いすぎて言葉を失う。

——ハードル高いー、怯むー。いや、そもそも何ひとつ挑《いど》めませんけども。

タイユールが縫製やカッティングをしている場面、ブティックの内観や外観の写真を眺めると、縫製のスタイルひとつとっても彼から受けた影響が蒼央の中に多分に浸透してるんだろうなと感じた。今の綿辺蒼央をかたちづくる、もっとも大きなファクターがここにある。

——こんなすごい人に、綿辺さんはほんとに一度も惹かれなかったのかな。綿辺さんは純粋《じゅんすい》に師匠と慕《した》っていたとしても、この人はどうだったんだろう……。

見たら余計に気になってきたものの、ぐだぐだと考えても仕方ないので、真嗣はスマホをスリープにしてサイドテーブルに戻した。

負けだ劣ってるだ、なんかで、自分から離れたりはしない。しかし、蒼央のほうが先に「この人、なんだかものたりない」と思わないだろうか、という懸念があるのだ。だからつい、闇雲《やみくも》に恋人をかわいがるだけになってしまっている。

――えっちも内心でおそるおそるだし。気持ちよすぎて理性が飛びそうになるのを抑えるのに必死で。

まだ根元までぜんぶを挿《い》れたことはない。自慢じゃないが、平均よりちょっとデカいので、いきなり奥を責めると怖がらせるかもとか、痛いだろうというのもある。

――ぜんぶ挿れなくても意識ふっ飛びそうなくらい気持ちいいし……俺はまだぜんぜん我慢できる。

真嗣はノンケの男とつきあうのがはじめてで、蒼央との最初のえっちは想いが爆発してほぼ勢いだったが、二度目のほうが「この人を大切にしたい」という気持ちがより強くなった。

セックスが原因で別れるカップルなんて珍しくない。とくにふたりは男同士だ。本来、挿れる機能を持たないところを使って性行為に及ぶのだから、すぎるくらいに大事にしてしかるべきだ。

――「俺のこと好きなんでしょ」の恋の魔法から醒《さ》めて、綿辺さんがもとの仕事脳に戻ったりしないよな。

「一日に考える十個のうち、俺のことは一個でいい」なんてかっこいいことを言ってしまった手前、ほんとはもっとずぶずぶの関係になりたいんです、とは言いづらい。

――「それ、一個を二個にしろって言うようになりますよね」って綿辺さんからすでに釘刺《くぎ》されてる……。

それを言ったときは本心だったが、人間とはじつに欲深いものだ。手に入れると、もっともっと、できるだけたくさん欲しくなる。

「毎日したい」と言ったのはつまり、「一緒に住みたい」の意味をめちゃめちゃうっすら粘着質に込めたつもりだったが、当然蒼央には通じなかった。

――バッサリ「いやだとは思わないけど現実的じゃない」って言われたしな……。一緒に住むとなると、いろいろ越えないといけないハードルだってあるし。

どちらも親に話さないでいられるのか。いつか明かさないといけないのか。真剣に話し合わなきゃいけないことほど、つきあいはじめたばかりのふたりだからなおさら、その辺りが後回しになるのだ。

『タイユール・ヴェール・マラン』の年明けは四日からの営業で、その日に蒼央との初詣《はつもうで》デートを短時間ながら実行したあと、一月下旬までお互い多忙だった。

忙しい合間を縫って食事だけ、休店日の前に一度はお泊まりできたけど、あとはもうLINEと電話のみ、という状況が続いた。

蒼央のほうは年始のホームパーティーで出会った何人かが、顧客を連れてきてくれたり、新しい仕事の打診を受けたりと、かなり成果があったようだ。

一方、真嗣のほうはフランス、韓国と出張が続く中、『タイユール・ヴェール・マラン』にオーダーしていたスーツがついに完成したと連絡があったので、帰国したその日に『はじめてのオーダースーツ』の雑誌撮影となった。

「飛び回って忙しくても、肌つやいいですね。何か特別なものをお使いなんですか？」

プレスの安藤《あんどう》は、真嗣にのんきな質問をしてくる。

「いや、いただいたデパコスのサンプル品とか適当なんで、どれが効いてんのか分かんないですね。それより、綿辺さんは？」

「綿辺さんは上のアトリエです。すぐ戻りますよ」

ろくにデートもできなかったし、顔が見たくて飛んできたから、蒼央に一刻も早く会いたい。

「これ、フランスと韓国のお土産です。みなさんでどうぞ」

お土産の袋を受け取った安藤は「ありがとうございます。スタッフでいただきます」とにこにこしながら、いつも蒼央がいるショールームの作業スペースのほうへ下がった。

撮影は店がクローズする二十時開始。一時間早く来店した真嗣はこれからオーダースーツに袖《そで》を通し、撮影前に簡単にメイクをしてもらうことになっている。

久しぶりに店に足を運んだので、トルソーのスーツや、ディスプレイの小物なんかも様変わりしている。すでに春物のシャツや柔らかで明るい色のチーフが並んでいて、スーツの生地も冬用の厚手のものから、軽めのものにシフトしているようだ。

階段を下りてくる足音で蒼央と分かり、真嗣はそちらを振り返った。

「あ、吉成《よしなり》さん」

真嗣を見つけて、ぱあっと笑顔になった蒼央の腕にスーツの上下がかかっている。

蒼央が「こっちに」と真嗣を試着室のほうへ手招いた。

「吉成さん、おかえりなさい」

「ただいま」

なんだかてれる。久しぶりに会えて彼の存在を間近に感じると、あ〜やっぱ好き！　と強く思うし、それが顔に出てしまうのだ。

「お持たせしてすみません。今日はアトリエでも撮影したい、ってさっき言われたんで、ちょっと片付けたりしてて」

「そうなんだ」

「あの、これ、吉成さんのスーツです。着てみてください。ほんとはあと一週間早く上げるつもりだったんですけど、年明けからのばたばたで、けっきょくぎりぎりになっちゃって」

その仕上がったスーツを、蒼央がテーブルの上に広げて見せてくれた。

真嗣がオーダーしたスリーピーススーツは、小鳥の目のような円い模様のパターンで織られたバーズアイ、または鳥の目格子《ごうし》と呼ばれる生地だ。光の当たり具合でその織り目が浮かび、少し離れると無地にも見える。色は落ち着きのあるチャコールグレー。ピンストライプ柄もいいけれど、バーズアイはシャツやネクタイで遊べて、なおかつ完全な無地にはないおもしろさがある。

「生地は厚すぎず、季節的にも長く、どんな場面にも対応できて、着回しがきくスーツになっていると思います。冬は中にカジュアルなシャツとニットを重ねて着ても、雰囲気が変わります。ボトムはきれいめのパンツを合わせてもいいですし。あ、見てください、このネクタイとか合わせるのどうかなって。今季のサンローランなんですが、すごくかっこいいんですよ。無地のブラックだけでもレザー、ラメ、素材違いでこんなに種類があって。下が切りっぱなしで柔らかな手ざわりのシルクのタイもおすすめです。どれも細めなんですがそこがクールで」

蒼央はあいかわらず、スーツのことになるといつもの何倍も饒舌《じょうぜつ》だ。

思わず肩を揺らして笑ってしまい、気付いた蒼央が「あ……」と声をすぼませた。

「す、すみません。急にべらべらと……」

「ううん。俺のことなんてぜんぜん見てなくて、スーツひとすじの綿辺さんだなぁって思って、いとおしくなっちゃいます」

そんな彼の自称『スーツバカ』なところも含めて、大好きだ。

「み、見たいけど、なんか、見れなくて」

「え？」

「緊張……じゃない、意識してて……好きな人だから」

真嗣が蒼央の顔を覗き込むと、やっとしっかり目が合った。蒼央は少し眸を大きくして固まっている。

つきあいだした頃は彼のこんな反応を見て距離を感じていたけれど、今はもうその意味を分かっている。好きすぎるあまりに意識してしまう――蒼央が以前そんなうれしい事情をおしえてくれた。だったら、もっとどきどきさせたい。いつまでもどきどきしてほしい。

「ほんとだ、ごちごちになってる。じゃあ今夜また、はちみつのマリナードにしないと」

「は……はちみつ……」

もごもごしている蒼央の手から、おすすめされたネクタイを数本取り、コーディネートする。

「シャツはラベンダー色がきれいかな。タイはレジメンタルもいいけど……このネイビーの小《こ》紋柄《もんがら》とか、派手すぎず粋《いき》なかんじ……いいと思う？」

「はい、いいと思います」

さっそく試着室でそれらを身に纏《まと》いネクタイを締め、靴を履《は》いて、真嗣は蒼央の前に立った。

目の前の蒼央は、ぽかんとしている。

「え、なんか言ってよ」

「……あ、……え、か、かっこいい、です。すごくいいです……。吉成さんだったらピンストライプも似合ったと思いますけど、こちらは落ち着いた大人の男の色気を際立たせて、とても、デート向きだなって……」

「デートしようね」

真嗣が誘うと、蒼央はほわほわと頬をゆるめて、「ぜひ」とうなずいた。

「あっ、そうだ」

蒼央が薄い四角の箱を取り出した。その中から出てきたのは淡いブルーのチーフだ。

「このチーフは……個人的に、僕からのプレゼントです。スーツに合わせやすい色柄で、端のイニシャルは僕が刺繍《ししゅう》しました。他のお客様にはこういうことはしないので、内緒です」

手刺繍による美しいスクリプトのアルファベットが、小さくポイントになっている。

真嗣は思わず顔をほころばせた。蒼央が真嗣にだけ特別に施してくれた刺繍を見つめ、指先でふれると、喜びがこみあげてくる。

「綿辺さんだって忙しかったはずなのに。この刺繍も、あの神業的な速さで入れてくれたのかもしれないけどさ」

「アルファベット一文字なのでそれほど時間はかかってない……僕の気持ちは、いっぱい込めましたけど」

律儀《りちぎ》な蒼央らしい返しがほほえましい。

「ありがとう……大事にします。これ、このまま今日の撮影に使おう」

蒼央にぽーっと見つめられて、さすがに耳の下の辺りがくすぐったい気分だ。

「綿辺さん、ちょっとここがさ……」

「あ、はい」

蒼央の手を引いて、試着室の中で、無防備な彼に軽いキスをひとつ。

息がかかるほど近くで見つめあうと、蒼央が猛烈にてれた。

蒼央は少し戸惑いつつも半開きだったカーテンをさらに引き、その陰にふたりとも隠れるようにした。カーテンで仕切られた空間は、仕事とプライベートがブレンドされている。

「会いたかった、すごく。フランスの一週間と韓国の三日間で、十日以上も綿辺さんにさわってないんだよ」

蒼央の腰を引き寄せて、ひたいと頬にもくちびるを寄せる。するとかちこちだった蒼央の身体の緊張がふっととけ、柔らかくなった。

「そうですね……。吉成さんに会えなくて、仕事に没頭するだけの毎日で」

会えない時間が続くとさみしいけれど、再会したときの感激が大きくなるのはいいな、と思う。こんなに彼のことがいとしく、こんなに彼のことが好きなんだ、とはっきりと感じられる。

「僕も……吉成さんと早く会いたくて、今日ずっと、そわそわしてました……」

何も変わらないのではなく、こんなふうに少しずつ、蒼央が自分の気持ちをちゃんと言葉にして伝えてくれることが増えた。

「撮影終わったら、今日の仕事も終わりだよね？　一緒に帰ろうね」

はちみつを流し込んだようにうるっと濡れた眸の蒼央が、小さく「はい」とうなずいた。


今日はなぜかみんなこのあと予定があるのか、「巻きで行きましょう！」と撮影をてきぱき進めてくれたおかげで、九十分ほどで終了した。

真嗣が店の外で待っていると、『タイユール・ヴェール・マラン』の明かりが消える。

すぐに、タイユールのスイッチをオフにした蒼央が「お待たせしました」と出てきて、真嗣は腰掛けていた手すりから立ち上がった。

「おなすい？」

「はい。おなすい、です」

おなかすいた、の意見は一致したので、デリ風弁当のテイクアウトの電話を入れる。

「どこかで食べてもいいけど、デリ弁をピックアップしてとっとと帰ろう」

夜の骨董通りを並んで歩く。真嗣はオーダースーツのままだ。隣の蒼央がにまにましている。

「何」

「かっこいいなって。ぜんぶすごく好みの人が、僕の隣を歩いてるなぁって思って」

「好き?」

「好き」

「俺も好き」

バカップルだよ、とふたりで笑いあって、青山通りを右に。

「手前味噌であれなんですが、お仕立てしたそのスーツ、男前度がさらに上がって、吉成さんに最高に似合ってると思います」

「やったね。狙いどおり、綿辺さんにモテてる?」

出会った頃の会話を思い出したのか、蒼央が「モテてます」と笑った。

「僕がお仕立てしたスーツを着た吉成さんと、やっと一緒に歩けて……夢がかないました」

「ほんとは綿辺さんともっとちゃんとしたデートがしたいけどね」

「じゃあこれはプレデートってことにします」

そう言ってほほえむ蒼央の笑顔は、接客中のそれよりずいぶんくだけている。自分だけに向けられた恋人の表情が最高にかわいくて、真嗣はふいにきゅんとさせられた。今すぐ抱きしめたいけれど、もう少しの辛抱だ。

「あれ、読みました。吉成さんのインタビュー記事。スタイリストやバイヤーになりたい人へのアドバイスのやつ」

「あぁ、やだ、恥ずかしい。一丁前に語ったやつね」

「『新しいものを誰よりもたくさん見て、ふれること。どんな人に着ていただきたいのかイメージして、何を大切にしたいのかを明確にして、その芯の部分がブレないこと』――僕の仕事にも当てはまるなぁって思いました」

「綿辺さんはそれでなくてもぜったいにブレないよ」

「でも、新しいものを僕ももっと見なきゃと思って、いつもだったらチョイスしなかったタイプのタイを今日は揃《そろ》えてみたんです。吉成さんに似合いそうなものをいろいろ探して。『ヴェール・マラン』がオープンしてからずっと余裕がなかったんですけど、新しいものを見て、ふれるのはとても楽しかった。すごくわくわくしました」

会えなかった時間に、あのインタビュー記事が蒼央の心を動かしたということのようだ。恋人だけど、そういうつながり方もうれしい。

「俺も、フランスでいっぱい見て、ふれてきたよ。綿辺さんが五年間修業してたブティックも、外からだけど、空き時間にちょっと覗いてみた」

「えっ？」

想定していなかった報告に、蒼央は驚いたようだ。

フランスへ発つ前から行ってみようと決めていたけれど、蒼央には伝えていなかった。当時蒼央が歩いたかもしれない街並みを眺めて、その空気を感じたくて、ひっそりとひとり静かに訪ねたかった。

「サンジェルマンのタイユール。自分の目で、あなたがいた世界を覗いてみたかったんだ。オーダーするわけじゃないのに店に入るのは失礼だから、ブティックの外からだけど。ショーウィンドウに飾られたモヘアのスーツを見て、綿辺さんのルーツがここにあるんだって、ここから始まって、がんばったんだなって、感激したよ。フレンチスタイルのスーツはやっぱり男らしいのに色気があって、優美だった」

過去に戻って知ることはできないけれど、あの場所の空気を吸って、ささやかに共有したかったのだ。

「タイユールのムッシュ・リュカ・デュナンはいました?」

「見えなかった。店の奥にはいたかもしんないけど、会っても困るじゃん。俺、綿辺蒼央のツレです、って言うの？　言えるの？　って考えてたら、アアッ、ってなって退散した。いろいろ勝てそうにないし」

「勝てる?」

「こっちの話だから気にしないで」

電話で注文しておいたデリ弁当を受け取り、電車に乗る。

ドア付近にふたり並んで立った。すぐに渋谷で乗り換えて、マンションまであと二十分。いつもならあっという間の時間が、こんなときは死ぬほど長く感じる。

早く二人きりになりたい。

「いつか、綿辺さんと一緒にパリに行きたいな」

「いいですね。そのときは、ふたりで師匠のところへあいさつに行きたいです。奥様もあのブティックで縫製やってて、いつもふたり一緒で、ほんとに素敵なご夫婦なんです」

「……え？　タイユールは奥さんいるの？」

「……僕、話してなかったですか？」

「聞いてません……。お休みの日にいつも師匠と一緒に過ごしてるとか綿辺さんが言うから、てっきり独身だと……」

それか、ゲイなのかと思っていた。

「僕が見せた写真、誰が撮ったと思ってるんですか？　たまに取る休みやバカンスだって、ムッシュと奥様の邪魔にならないようにしてたんですが、おふたりとも優しくて……。僕をまるで息子みたいにあちこち連れてってくださいました」

そう言われれば、クリスマスツリーをバックにしたふたりのツーショット……普通に考えたらふたり以外の誰かが撮ったものだ。

「だって……あのとき綿辺さんがタイユールのムッシュ・リュカ・デュナンを『かっこいい』だなんだってノロケるから、『この人、誰にでもかっこいいって言ってんじゃないのッ？』って頭バーンだったんだよ」

「お客様の素敵なところを見つけて褒めるのも仕事ですし、これからもいろんな人に『かっこいい』は言うと思いますけど……でも、僕が『好き』って気持ちをのせて言うのは、吉成さんにだけです」

「う……」

——……どうしよう。めちゃめちゃうれしすぎる。

「デレてる」

「デレるよ、そりゃ」

好きな人からの言葉だし——そっと顔を寄せ合って蒼央の耳にささやくと、蒼央も盛大にデレて、ふたりで「バカップルだ」とまた笑った。


蒼央のためだけに買ってきたお土産を渡し、出張で撮ってきた写真を見ながらデリ弁当を食べた。気はせくけれどお風呂にちゃんと入り、ようやくふたりでベッドに腰掛けたら、蒼央にあらたまって「まじめなお話があります」と切り出された。

「えー、何何何、怖い怖い怖い！」

真嗣が仰《の》け反《ぞ》っておののくと、無言でじっとまっすぐ見つめられる。

だから真嗣は訳が分からないながらも、話を聞く覚悟を決めた。

「……お伺いします……」

蒼央がきりりとした顔つきで、こくりとうなずく。

「あの……ちゃんと、吉成さんと……ぜんぶつながりたいので、僕、最後にここにお泊まりしてから、いろいろ調べたんです」

「……一月中旬の、お泊まりのこと？」

「はい。吉成さんが、どうしても、ぜったい、いちばん奥まで挿れてくれないので」

真嗣はコントのようにぶっと噴き出した。

「ちょ……ちょっと待って？　えっちの話ですか？」

「えっちの話です。吉成さんは三日後にまたニューヨーク出張の予定でしたよね。このままじゃ、いつになったらぜんぶ挿れてくれるのか……。今日かしら、次かしら……って毎回、期待して、だめっておあずけくらって」

「おあずけ！　それほんとは俺が言うやつじゃない？」

「おあずけですよ、僕はいいって言ってるのに。僕は吉成さんの本当の熱さをぶつけられたいんです。吉成さんが僕の身体も、ぜんぶを大事に思ってくれてるのはうれしいけど、でもただ闇雲にかわいがってほしいわけじゃない」

「……あのね、控えめに言ってそこそこデカいよ？」

「えっ……自慢ですか？」

「ちゃんと見たことある？　見る？」

「……じろじろ見たことは、ないです」

変態顔で、ローブをぺらっと捲って露出《ろしゅつ》する。

「……今見せられても」

「ですね、臨戦態勢じゃなかった。いや、あのね、挿れていいと言われても物理的な問題で」

「だから会えない間に毎日、ちゃんと、拡げて、慣らしておいたんです。自分で」

目が点になるとはこのことだ。ようするに、蒼央はいちばん奥まで真嗣を受け入れることができるように、会えなかった間に準備しておいた、と言っているのだ。

「……え？　……どうやって？」

「そういうのは訊かないのが紳士としてのマナーだと思います」

かわいく睨《ね》められて、真嗣はついに「ふーっ」とベッドに仰向けで倒れた。

「想定外すぎるよ、どんだけアグレッシブなの！　振り向いたらシャッター全開になってる！」

しかし考えてみれば、これくらいの行動力と根性があるような人じゃないと、フランスでひとり六年もがんばれないだろう。目眩を覚えるほどの男らしさだ。

「吉成さんを、ちゃんと……ぜんぶ欲しいんです。まだ先があるんだって最初に知ってしまったのに、吉成さんは僕のことばかり思い遣《や》って。それが愛情だってことは分かるけど、いつまでたっても遠慮されてるような気がして、さみしかったです……」

背中が丸くなって、ケモ耳がついていたらぺしょんと垂《た》れているようなうしろ姿だ。

「綿辺さん」

真嗣が呼ぶと、蒼央がちらっとこちらを振り返る。

「ここ、きて」

腕枕のポーズで「ここ」とさし示す。蒼央はごそごそとベッドを這《は》い、真嗣の腕枕の上に頭をのせてこっち向きに寝転んだ。

「ごめんね。大事にしすぎたね。ひとりで準備させちゃったのも、ごめん」

「あと、短期間に海外出張入れすぎだと思う」

「鬼スケジュールを組んだ半年前の俺を殴っとくから、許して」

「でもそのおかげで、準備するのに充分すぎる時間をいただきました」

蒼央が真嗣の胸に顔を押しつけ、背中に腕をまわしてきた。真嗣も抱き返して、蒼央の頭にキスをする。

「俺の恋人がめっちゃエクセレントでアメージングなタイユールだから、『めいっぱい大切にしてかわいがって、飽きられないようにしなきゃ～！』って、なんか変に遠慮してるとこあったと思う。俺、綿辺さんのこと好きすぎだから、きらわれそうなことをするより、優しく甘やかすことに懸命で……」

「飽きたり、きらったりなんかしないのに……。吉成さん、いつも僕をスマートにリードしてくれるから、そんなふうに思ってるなんて知らなかった」

「俺、綿辺さんに関してはぜんぜんスマートになれないですよ。そこそこかっこ悪いところさらしてんじゃん？」

すると、もろもろ思い出したのか、蒼央が肩を揺らしながら遠慮なく「そうでしたね」なんて返すから、真嗣は蒼央の脇腹の辺りをこちょこちょくすぐって笑わせた。

言いたいことを言いあって、じゃれあって、ほっとできる関係になれていることがうれしい。

「綿辺さん……大好きだよ」

「……僕も、大好きです」

ひたいをこつんと押しあてて、鼻をこすりあわせ、くちづける。

「俺も今日はがまんできる気がしない。綿辺さんとしたくてたまんなかったよ」

「……吉成さんを、ぜんぶ僕にください」

絹のように柔らかだけど、芯のある強さも同時に持っている——そんな彼に真嗣は魅了されて、また惚れ直すのだった。

7

自分の身の内に、好きな人の身体の一部を受け入れる——その瞬間はいつも、簡単に言葉で言い表せないような、たまらない気持ちになる。

つながるのが目に見えて、それを自分の身体で感じることに、歓びと幸福感と愛情と、切なさと怖さも少し。それらを複雑にブレンドされて、彼のリズムで掻き回されるのがいい。

「……んんっ……」

両膝の裏側を摑まれ、身体を深く折り曲げる格好だなんて、真嗣《まつぐ》の前でしかできない。

あらわにされた後孔《こうこう》に、彼のくっきりと笠《かさ》の張った硬いペニスを突き込まれる。蒼央《あお》は眸を潤ませながらも、そこから目が離せない。

「綿辺《わたべ》さん……いつもコレ、入るとこ見たがるね」

「だって……吉成《よしなり》さんと……つながってるのが、うれしい……」

柔らかな内壁をこすり上げられる感覚を意識的に追い、集中する。

入れっぱなしだったペニスをぜんぶ引き抜かれ、また押し込まれ、ひっきりなしに摩擦《まさつ》されるところからじわじわと快感が湧いてくる。胸が大きく波打ち、呼吸が乱れ、ぞくぞくとした痺れが背骨を伝ってきて、蒼央はとうとうまぶたを閉じた。

身体の芯をとかすような甘い快感に、脳が浸食《しんしょく》されていく。

「……はぁっ、はぁっ……あっ……はぁ……」

「よくなってきた？　もっとこすってほしい？」

「んっ……うん、んっ、ふ、うっ……」

覆い被さってきた真嗣にしがみついて、蒼央は彼の首元でうなずいた。

開きっぱなしの口でいっぱい空気を取り込んで、声を出さないように喉を絞《しぼ》ると、鼻の奥から小さく漏れてしまう。

声を我慢できるのはいつも最初だけだ。ピストンが速くなり、強い刺激と衝撃に押され、昂って、声を抑えきれなくなってくる。

「……っ、あぁ……はぁっ……」

抜き挿しして、掻き回されるのが気持ちよくてたまらず、蒼央は声をこぼしながら喘《あえ》いだ。

真嗣が両腕で蒼央の頭を抱え込み、身体が上に逃げないように固定して突き込んでくる。その衝撃をつながっているところで受けとめ、蒼央は身を竦《すく》ませた。

「んぅっ、あ、あっ、はぁっ……気持ちぃっ……」

「俺も気持ちい……、んっ……」

彼に押しつぶされ、受け入れさせられているかんじに興奮する。「俺のものだ」と身体の奥深くに教えこむみたいに、もっと好き勝手にされたい。

ぞくぞくと背筋が震えるような快感が、つながったところから何度も身体を這《は》い上《あ》がった。

そうやってひたすら抽挿されていると、腹の底に快感がたまっていくかんじがする。気持ちいいものでいっぱいになってくる。

「あ……あぁ……吉成さんっ……」

後孔がきゅうんと収斂《しゅうれん》した。これまで一度も満たされたことのない奥のほうが、まるで腹を空かせて欲しがるみたいに。

真嗣がまだふれていないところ、そこもいっぱいにしてほしい。他の誰も、自分ですらふれられない、真嗣にしか届かないところだ。

「わ、たべさんっ……、今日、なんか……すごいっ……」

真嗣に「がまんできない」と言われたい。欲しがられたい。むちゃくちゃにされてもいいから、真嗣の本心をぶつけられたい。

そのとき、真嗣がぶるっと身を震わせ、顔つきが変わった。こらえていた欲望が限界を超えた瞬間を見て、蒼央も我慢できなくなり、真嗣の腕に縋《すが》りつく。

「吉成さん……もっと、奥に……ぜんぶ」

「うん。怖かったり痛かったりしたら、言ってね」

やっと来てくれる——ずっと待っていたからうれしくて、蒼央は顔をほころばせた。

腰を摑まれ、ぐっと押し込まれて、結合が深くなる。

「――っ……！」

最奥を硬い尖端《せんたん》で突かれたら、そこから痺れるような快感が突き抜けた。

腹の底がずくずくと疼《うず》くけれど、痛みじゃない。ただ気持ちいい。脳も痺れて朦朧《もうろう》とする。

「……ぜんぶっ……？」

「ぜんぶだよ。ほら」

ぴったりと隙間なく重なって、深くつながったまま真嗣がさらに圧をかけてきた。

腹の底から押し上げられる。いちばん奥に嵌《は》まったのが分かったのと同時に、真嗣が深くしたまま揺さぶってきた。

「んあっ……あっ……！」

中を犯すペニス全体を無意識に締めつけると、その隘路《あいろ》を力強くピストンされる。内襞《うちひだ》をなぶり、なで上げ、捲り上げるように。いつもと違って無遠慮に思えるほど、きつく穿《うが》たれた。

なのに、胸が潰れそうなほどときめいてしまうし、強引な抽挿にこれまでになく感じて、腰ががくがくと震える。

「――っ！　んんっ……！」

「こんなふうにされるの、好き？　もっと？」

声も出せずにうなずくと、いっそう激しくされた。いつも優しく気遣い、かわいがってくれる真嗣に少し乱暴なくらいにされると、どうしようもないほど感じてぐずぐずになる。

「……んあっ……はぁっ、あっ……」

「すごいよ……おなかびちゃびちゃになるくらい出てる」

真嗣に指摘され、そこを覗いて驚いた。

射精したはずはない。でも真嗣が腰を振るごとに、自分のペニスの鈴口《すずぐち》からとろとろと蜜があふれてくる。とまらない。

「なに……なんで……？」

「前立腺にも奥にもあたって、綿辺さんが、めちゃめちゃ気持ちよくなってるから」

こすられるリズムでペニスがびくびくと跳ねて、それに誘われて蒼央は右手を伸ばし、粗相をしたように濡れたものを摑んだ。剝きだしの粘膜に指が触れると、じんと痺れて、そこを弄るのをやめられなくなる。

すると、先っぽだけさわっていた手を真嗣に陰茎ごと握りこまれ、一緒にこすり立てられた。

「はぁっ……あ……」

「ここ自分でこすって、もっと気持ちよくなって」

後孔を真嗣にこすられながら自慰《じい》を始めると、うしろの刺激と相まって、気持ちよすぎてくちびるが震える。真嗣の導きがなくなっても、自慰の手をとめられない。鼓動が速くなる。

ゆったりと大きなストロークで、ふちのぎりぎりから奥まで、こすられるところぜんぶが快感を生んでいるみたいだ。

「綿辺さん……ゆっくり動かすの、気持ちいい？」

「……うん、うん……すごくっ……」

「俺も、気持ちいいよ……。あぁ……奥が、すごい……」

揺らされながら見上げると、ぐらぐらと定まらず涙でぼやけた視界の先で、真嗣もとろけたような表情だったからきゅんときた。

もっと近くで見たくて、手を伸ばして真嗣の首筋に摑まったら抱き起こされたけれど、この体位は奥にあたりっぱなしになる。

「――……！」

いきなり極まってしまいそうな感覚が内側からきて、蒼央はぎゅうっと真嗣にしがみついた。

「綿辺さん、俺もうイきそう。綿辺さんも、イこう？」

うなずくと、抱っこの格好でいっとき振りたくられ、嬌声がとまらない。最奥《さいおう》を突き上げられるたびに伝播《でんぱ》する快感で、脳が痺れてとろかされていく。

「はぁっ、あぁ……んんっ……もう……」

「今日は、『出る』じゃなくて『イく』って言ってほしいな。……綿辺さん、イきそう？」

蒼央は濃すぎる快感に奥歯を食いしばりながら、こくこくとうなずいた。真嗣を受け入れている後孔、自慰をしているペニス、両方からくる異なる快感。射精とは違う『イく』というのがどういう感覚なのか、やっと分かった気がする。

「——あ……ああ、だめ、イく……、んっ……！」

ベッドに戻されて最後の律動《りつどう》を受けた。全身がこわばり、内襞が痙攣《けいれん》している。内側に起きた強烈な絶頂感のあと、蒼央は忘我の中で吐精した。

真嗣も果てたようで、どさりと体重をかけて落ちてくる。

こんなふうに彼にのしかかられるのがうれしく、蒼央は真嗣の背中に両腕を巻きつけて受けとめた。ウエイト差もあるのに、好きな人の重みはいとおしくて心地いい。

真嗣が「イけた？」と蒼央の耳元で囁いた。

「うん……」

まぶたや頬にくちづけられながら、つながりをとかれる。この瞬間に感じるさみしさを早く埋めてほしくて、隣に戻った真嗣と両手いっぱい使って抱きあった。

しあわせな倦怠感《けんたいかん》と、好きな人のぬくもりに包まれる。

放すまいとでもするように抱き寄せたまま寝転んだ真嗣の胸に、蒼央はすりっと頬を寄せた。

欲しかったもの、ぜんぶ。好きな人が満たしてくれるという幸福感に浸《ひた》る。

「……かっこよかった、吉成さん……」

「んー？　そんなシーンあったかな」

「いつも優しいのに、力尽くにされるのとか、たまんなかった……」

「あらら、そう？」

ぽつぽつと話をしながら髪をなでられていると、うとうとしてくる。

「あ、寝そう」

「寝ません……」

「いいよ、寝て」

いいとは言われても。寝落ち癖《ぐせ》でもついたのかというほど、このところは毎回こうだ。

蒼央はまぶたをこすり、がんばって目を開ける。

「デート、しましょう……あした」

「そっちの仕事が終わってから？　いいよ」

「待ち合わせは……んん…………ん……」

ふわりと身体が浮遊するような、とろけるようなまどろみの中で「おやすみ、綿辺さん」と真嗣の優しい声が遠く聞こえた。


いつの間にか瞑《つぶ》ってしまっていたまぶたをもう一度上げると、蒼央が仕立てたスリーピーススーツの真嗣が『タイユール・ヴェール・マラン』の前に立っている。

「綿辺さんがデートで行きたいのは、食事するならフレンチレストラン、お酒を飲むなら物静かなバーテンダーがいるクラシカルな内装のバー、明るい雰囲気のカフェバーもいい……だったよね？」

ほんのささやかな願い。それを唯一かなえてくれる恋人が、蒼央へ手をさし伸べている。

「……吉成さんとなら、どこへでも」

真嗣が甘くほほえみ、蒼央の手を取った。

夜の骨董通りを、足取りも軽くふたりで並んで歩く。

チャコールグレーのスリーピースに、ラベンダー色のシャツ、手刺繍のイニシャル入りのチーフ、小紋柄の細いタイ。

すっと整った横顔に見とれる。

「何」

「かっこいいなって。ぜんぶすごく好みの人が、僕の隣を歩いてるなぁって思って」

「好き？」

「好き」

「俺も好き」

夢のようにしあわせな時間は、この先も続いていく。

あとがき

AFTERWORD

—川琴ゆい華—

こんにちは。スリーピース大好き、川琴《かわこと》です。ディアプラス文庫さんでは三冊目、『恋におちた仕立屋《タイユール》』をお手に取っていただきありがとうございます。お楽しみいただけましたか？

このお話を書いている間、蒼央《あお》が作業のBGMにしていたビッグバンドジャズをわたしも流していたので、お手元にありましたら読書中のBGMにすると雰囲気を作れていいかもしれません。読後だと手遅れな情報ですが……！

このお話の前半は二〇一八年発売の雑誌に掲載していただいたもの、後半は書き下ろしです。

タイユールを題材にしたお仕事BLを書きたい！　そう思ってから、『書きたいのにうまく書けない。どう書けばいいのか、おもしろくなるのか分からない』と長く燻《くすぶ》っていました。思い入れが強すぎて、目指す理想に届かないかんじです。それでもあきらめきれずにねばって、ようやくかたちにできました。

今回のキャラは、受の蒼央が『ふわふわとしてるのに真ん中に太い芯のある人』、攻の真嗣《まつぐ》は『しなやかで親和性が高い人』です。いきなりシャッターを下ろす蒼央の心に、なんとか滑《すべ》り込《こ》もうとする真嗣、という関係を書くのが楽しかったです。

わたしの裏話はこれくらいにして、みなさんイラストについて知りたいですよね!?

今作のイラストを担当してくださった見多《みた》ほむろ先生。見多先生のコミックスを制覇《せいは》するほど大好きで、編集さんからイラストレーターさんについてご連絡をいただいたとき、あまりにうれしすぎて返信メールの件名を『放心してしました』と誤字ったほどです。

ふたりがおしゃれでかっこよくて、ずーっと見ていられますよね～！　中には『どれがいいか選択』というかたちで複数の案を出してくださったものもありまして、そのラフもぜんぶ素敵で、「選ばなかったものが見られないなんて……」と、ほんとに死ぬほど悶絶《もんぜつ》しました。

裏話をひとつ。文庫書き下ろしのほうの、試着室でカーテンに隠れてのロマンティックなキスシーン。じつは著者校正のときカーテンが印象的になるように描写を書き加えたのですが、それをご存じない見多先生が以心伝心的にあの素敵なイラストを描いてくださってて、おこった奇跡に感激しました。とてもしあわせな時間でした。ありがとうございました。

わたしからすると夢をかなえてくださる魔法使いみたいな担当様、いつもありがとうございます。雑誌掲載のときは病院でやりとりしたなぁと、だいぶご面倒をおかけしたことを思い出しました。なんでも一歩先行くさばける人になりたい！　今後ともよろしくお願いします。

最後に読者様。雑誌掲載時にご感想をくださった方も、あらためてひとことお聞かせいただけたらとてもうれしいです。お手紙はもちろんですが、ＳＮＳでも気軽にお声掛けください。

またこうして、皆様とお会いできますように。

この本を読んでのご意見、ご感想などをお寄せください。
川琴ゆい華先生・見多ほむろ先生へのはげましのおたよりもお待ちしております。

〒113-0024　東京都文京区西片2-19-18　新書館
[編集部へのご意見・ご感想] ディアプラス編集部「恋におちた仕立屋」係
[先生方へのおたより] ディアプラス編集部気付　○○先生

- 初出 -
恋におちた仕立屋：小説DEAR+19年フユ号（vol.72）
恋を知った仕立屋：書き下ろし

[こいにおちたタイユール]
恋におちた仕立屋

著者：**川琴ゆい華** かわこと・ゆいか

初版発行：2019年9月25日

発行所：株式会社 新書館
[編集] 〒113-0024
東京都文京区西片2-19-18　電話（03）3811-2631
[営業] 〒174-0043
東京都板橋区坂下1-22-14　電話（03）5970-3840
[URL] https://www.shinshokan.co.jp/

印刷・製本：株式会社光邦

ISBN978-4-403-52491-2 ©Yuika KAWAKOTO 2019 Printed in Japan